JN055336
ハロルド・W・
ルークラフト
Harold W. Lucraft
ノワエ・ロボティクス社が開発したRFモデルアミクスの2体目。路頭に迷っていたところを刑事ソゾンに拾われ、類い希な観察眼を養う。電子犯罪捜査局でアミクス初の電索補助官を務める。

マーヴィン・A・
オールポート
Marvin A. Allport
ノワエ・ロボティクス社が開
たRFモデルアミクスの3体目
たちと比べて『人間らしく』
ことを懸念されていたが、王
離れてからは何年も位置情
切られたまま消息不明。

スティーブ・H・
ホイートストン
Steven H. Wheatstone
ノワエ・ロボティクス社が開発したRFモデルアミクスの1体目。巨大IT企業「リグシティ」の相談役秘書をしていたが、エチカへの発砲未遂事件を起こし、原因解明のため機能停止中。

電索

専用のコードで、対象者のユア・フォルマに接続する行為。視覚・聴覚のみならず、感情も含めて対象者の脳が経験したこと全てを閲覧できる。犯罪捜査の分野で革新的成果を期待されている。

ユア・フォルマ
菊石まれほ
[イラスト]——野崎つばた
電索官エチカと女王の三つ子

THE
Moon
$200,000
BINGO!
Lucky numbers
are on Page 19.

Thursday, February 8, 2024

DEDICATED TO THE PEOPLE OF THE STATES.

WORLD SANSATION OF THE DAY

王室献上のアミクス、人間に発砲!?
稀代のIT革命家、狂気の真相!

ROYAL AMICUS FIRED AT HUMAN OFFICER

◀イライアス・テイラーの「右腕」を長年にわたり務めた
スティーブ・ホイートストン氏(提供:リグシティ関係者)

未だ収束の気配を見せないリグシティ騒動。感染者からの訴訟とクレーム対応、株価は前代未聞の大暴落という混沌の中社員たちの頭を更に悩ませているのが、狂気の天才イライアス・テイラーの秘蔵っ子アミクスの存在だ。かつては英国王室に献上され、長年テイラーの右腕として働き続けていた貴重なRF(ロイヤル・ファミリー)モデルは、主人の狂気に絆されて「敬愛規律」の一線を越えた——。

READ FURTHER STORY ON OUR OFFICIAL WEB SITE!

序章——秘密

YOUR FORMA

彼は恐らく、兄弟の中でも一番最初に、その秘密に気付いていたのだと思う。

ハロルドは時折、昔懐かしいメモリを再生することがある。

たとえば、秋を迎えたウィンザー城での記憶だ。

一日の営業時間を終え、観光客はさっぱりと消え去っていた。静寂を取り戻した堀庭園は燃えるように紅葉し、その鮮やかさで自分の首を絞めているみたいに見えて——ハロルドはこの場所が好きだった。よくベンチに腰掛けて、何をするでもなく過ごしていた。

その日は確かいつもと違い、ひらひらと舞っていた秋の蝶が肩に降りてきたのだ。印象的な翅の色を、よく覚えている。蝶を指に留まらせようと手を伸ばしたのは、恐らくそれが、『人間らしい』行動であるとシステムが判断したからだろう。

ただ、

「取ってあげるよ」

ハロルドが触れるよりも先に、すっと現れた手が蝶を掴んだ。文字通り、掴んだのだ——いつの間にかそこにやってきていた彼が、ハロルドと同じ顔で微笑んでいる。精巧に作り込まれた、人間の感性では最も端正だと考えられている容姿。額に下りたブロンドの前髪は、やや幼い印象を与える。口許に、薄いほくろがひとつ。

マーヴィン・アダムズ・オールポート。

RFモデル——三つ子の末の弟だった。

「マーヴィン」ハロルドは擬似的に息を呑んだ。「そんなことをしたら死んでしまう」

「え？　ああ……」

マーヴィンは握り込んでいた指を開き——案の定、掌には無残な姿になった蝶がへばりついていた。鮮やかな翅の色は消え失せ、黒っぽい鱗粉と潰れた内臓だけが残っている。

「ごめん」マーヴィンは不思議そうに、「選択する行動を間違えたみたいだ」

「生き物は労るべきだと教えられただろう。人間はそうする」

「人間はそうする……」

マーヴィンはどこか機械的に繰り返し、水場へと歩いていく。子供のように手を洗う彼の背中を見ながら、ハロルドは吐息を零す。弟は時々、『人間らしく』ない。

「週末には女王陛下がお戻りになる」背後から声がした。樹に寄りかかり、本を開いているスティーブだ。「それまでに一度、博士にマーヴィンの調整を頼むべきだろう」

「もう何度も調整した。マーヴィンは、あのままでマーヴィンだと博士は考えているはずだ」

「彼女は恐らく間違っている。機械仕掛けの友人は『人間らしく』なければいけない」スティーブの指が、ページをめくる。「私が見るに、あれは少し……不出来だ」

「ハロルド、スティーブ！」

いつの間にか手を洗い終えたマーヴィンが、こちらへと走ってくる——今度は蝶ではなく、花を握り締めていた。彼は嬉しそうに、ばらばらになった花弁をハロルドの頭に降らせる。そうして何が面白いのか、声を上げて笑っていた。

確かに、不出来な弟だった。

だが決して嫌いではなかった、と思う。

こうして思い出すのは、先日、久しぶりにスティーブと相対したせいだろうか——銃を取り、エチカのホロモデルを撃ち抜いた兄の顔を、眼裏に描いて。

不意にシステムが、メンテナンスの終了を告げる。

・

「ハロルド」

呼びかけられて、メンテナンスポッドの中で目を開けた——まもなくハッチが上がり、見慣れた若い女性が覗き込んでくる。薄幸に取り憑かれたような面差しに、銀縁の眼鏡がよく似合う。青みがかった黒っぽいブルネットは、あちらこちらに跳ね散らかしたまま細い背中へと流れていた。今朝もどうせ、櫛を通していないに違いない。

レクシー・ウィロウ・カーター博士。

ＲＦモデルのシステムコードをたった一人で書き上げた、ロボット開発技術者。

謂わば、ハロルドたちの生みの親だ。

「君の診断結果が出たよ。スティーブは効用関数システムからしていかれていたけど、君のは全く問題なし。コードの改竄も見られない……とまあ、口上はこんな感じでいいかな」

「つまり？」

「敬愛規律は正常だ。おめでとう」

彼女は全く祝う気のない口調で言い、ラボコートを翻す。きゅっきゅとくたびれたスニーカーを鳴らしながら、デスクの上にどっかりと腰を下ろした。

ロンドン。ノワエ・ロボティクス本社——ここ、第一技術棟特別開発室のメンテナンスルームには、散らかった機器たちと同じように、冷めた空気が閉じ込められている。リノリウムの床は清潔そのもので、わずかな塵や埃ひとつ見当たらない。

「博士。息子の正常性が証明されたというのに、あまり嬉しそうではありませんね？」

「分かりきっていたことで喜んでもね」レクシーは退屈そうに、診断結果が表示されたタブレット端末を操作している。「そもそも君は、知覚犯罪事件を解決に導いた立役者なわけだから、スティーブと違って誰も異常だなんて思っちゃいないし」

知覚犯罪事件が解決してから、約一ヶ月。

イライアス・テイラーが逮捕された一方で、密かに問題として浮上したのが、スティーブの存在だった。彼はテイラーの犯行に加担しただけでなく、あまつさえ人間——正確にはエチカのホロモデルだが、スティーブはそうとは認識していなかった——に銃を向けたのだ。

兄は速やかに、ノワエ・ロボティクス本社へと移送された。レクシー博士による診断の結果、効用関数システムに重大なエラーが見つかったらしい——効用関数システムとは、アミクスの価値観を司る極めて重要な器官の一つである。

「『原因』は、イライアス・テイラーによるシステムの改竄でしたか？」

「それが最も分かりやすくてシンプルだと思うけれど、アンガスたちは納得していない。RFモデルのコードはものすごく複雑だし、テイラーが天才だったとはいえ、スティーブのシステムにエラーを吐かせるほどの知識があったかどうか……とまあ、そんな具合だ」

「なるほど」

「つまり、未だに原因究明中だよ」

ともあれ表向き、スティーブに問題が発生したのは事実である。

同じRFモデルであるハロルドが、こうしてメンテナンスを強制されるのは必然だった。

幸いにも自分はたった今、正常と診断されたわけだが。

「でもさぁ」と、レクシーが唇をいじる。「こんなのはパフォーマンスだよ。上層部と倫理委員会を満足させるための……皆、本当に建前が大好きだよねぇ」

「大事なことですよ」

「分かってるよ。でも本音を言えば、私はスティーブだって正常だと思っているから」

彼女が意固地になるので、ハロルドは何とも言えない気分で身を起こす。頸椎と腰椎に接続されていたケーブルを外して、皮膚上の診断用ポートを閉じた。

「それで博士、スティーブ兄さんはどうしているのです？」

「原因が分かるまでは目下、機能停止中だよ。延々と解析ポッドの中だ」

ハロルドはポッドを出た。メンテ用ガウンを脱いで、ワゴンに置いてあったセーターを手に取り、袖を通す。「ウェブで、例のゴシップを見ましたよ」

「ああ、実物がここにある。ほら」

レクシーはデスクから取り出したタブロイド紙を、ハロルドに投げて寄越す——でかでかと躍るセンセーショナルな見出しが、目に飛び込んできた。


【王室献上のアミクス、人間に発砲！】


内容を簡略化すれば、こうだ。『知覚犯罪の容疑者テイラーが所有していたRFモデルのアミクス・スティーブが、逮捕時に抵抗して一人の捜査官を射殺した』——この間、ゴシップサイトでもちらと見かけた記事だった。改めて、ハロルドは心底呆(あき)れる。

「話を盛りすぎです。実際には、ホロモデルを撃っただけで誰も殺していない」

「ゴシップってのはそういうもんだろ。スコーンのクロテッドクリームと同じだよ、たっぷり塗れば塗るほどおいしい」

「あなたはクロテッドクリームしか食べないでしょう」ハロルドは新聞を置いて、「知覚犯罪事件は、国際刑事警察機構（インターポール）により重要秘匿案件に指定されています。関係者が情報をリークしたのだとすれば、処罰されるべきです」

「処罰されたらしいから安心しなよ、機械派の末端捜査官だったそうだ」レクシーは自分の首の前で、手を横に引いてみせる。「火消しは上手（うま）くいった。ノワエ社とAI倫理委員会が公式声明で事実無根だと否定したし、どっかが圧力でもかけたのか、訂正記事も掲載された」

「それでも、スティーブの処遇に影響を及ぼしたことは否定できないでしょう」

「まあねぇ……原因を明らかにして最終報告書を上げたとしても、あれを本社の敷地（しきち）から出すわけにはいかないだろうな」

ハロルドは黙ってベルトを締めた。スティーブを哀れに思う気持ちがある一方で、しかし自分たちが従うべきは人間社会の法である。ルールを犯せば罰せられる。道具としての域を出たものは、ただの脅威としか見なされない——兄は、それを理解できなかった。

あるいは理解してなお、境界を踏み越えた。

「ハロルド。君ならもっと上手（うま）くやるか？」

「……何の話です？」

「もしくは、私に腹を立てていたりするのかな」レクシーは長い足をぶらぶらと揺らしている。

「解析ポッドに入れる前、スティーブに言われたんだよね。『何故（なぜ）私を、こんな風に作ったのですか』って。多分、かなり怒っていたなあれは」

ハロルドは眉をひそめずにはいられない。

「それを聞いたあなたは、恐らく何とも思わなかったのでしょうね」

「まさか。心を痛めたさ。それはもう一晩中ぐっすり眠れたよ」レクシーは爪を撫でながら、

「私はさぁ、君たちがそうやって成長してくれるのが嬉しいんだよ。見ていて面白いし。まあ、スティーブはちょっと可哀想だったけれど……思春期に道を踏み外しすぎただけだと思えば、誰しも経験することだ」

「我々に思春期はありませんよ」

「君の指摘って時々ずれてるよね」

わざとずらしているのだ、という反論を呑み込んだ——博士は確かに、自分たちRFモデルに愛情を注いでくれた。だが、それは人間の母親とはきっと異なる。どちらかといえば、観察対象のラットを眺めている感覚に近いのだろう。

愛してはいる。

だが、ガラスケース越しの愛には温度がない。

「ところで」ハロルドは話題を変えた。「マーヴィンは見つかりましたか？　私と同様に、メンテナンスを受けさせる必要があると聞きましたが」

「残念ながら手がかりなし。あれはずっと位置情報を切ったままだし、地道に探しているけれ

ど割ける社員の数には限りがある」レクシーは首を竦めてみせ、「もちろん、例の闇オークションのあとから警察も捜索を続けているよ。けれど、知っての通り何年も成果は挙がらず終いだしね……ここにきて本腰を入れたところで、という感じかな」

「そうですか……」

マーヴィンを最後に見たのは、六年前に王室を出た時だ。自分たちは盗難に遭い、闇オークションを通じて散り散りになった——あれ以来、弟がどこを漂流しているのかも知らないまま、今日まで過ごしてきた。スティーブですら、カリフォルニアへと流れ着いたくらいなのだ。そもそも、イングランドにいない可能性も十二分にある。

見つけるのは至難の業だろう。

「まあもしくは、もう死んでいるかだね」レクシーは呟くように言い、「いやそりゃ生きていてくれれば嬉しいけれどさぁ。見つかっても、問題があればスティーブと同じ目に遭うわけだろ。マーヴィンにはハロルドみたいに、捜査局の後ろ盾もないし……」

彼女のそれは、ほとんど独り言のようで。

ひとまず、メンテナンスは無事に終了した。ラウンジでダリヤを待たせている。早いところ支度を調えようと、ハロルドはコートを羽織った。

「そういえば仕事のほうは続けられそうなの？　捜査官」

レクシーがそう切り出したのは、第一技術棟を出た後——二階からエントランスに向かって、扇状に広がる階段を降りている最中だった。円形ホールの天井は遙か頭上まで吹き抜けになっており、螺旋を模したモニュメントが吊り下がっている。

「今日の診断が終われば、復帰できることになっていますよ。ご存じでしょう？」

「もちろん。そうじゃなくて小耳に挟んだんだよ、ほら」レクシーはこめかみをつつき、「例の天才電索官が辞職したんだろう？　機械嫌いの可愛い女の子……」

「ヒエダ電索官ですね」

「それだ。パートナーのヒエダ電索官が辞職したのに、君はまだ電索補助官を？」

「私の演算処理能力はほとんどの電索官を上回りますから、基本的に相手を選ばないのです。今はペテルブルク支局に所属している、別の電索官と仕事をしています」

エントランスの壁は全面がフレキシブルスクリーンで、様々な人間の顔が浮き出ては沈んでいく。人種性別年齢多種多様だ——何れも、アピアランスデータ提供者だった。

ノワエ・ロボティクス社のアミクスは、『人間らしさ』を追求するため、実在する人間の容姿を複雑に掛け合わせて作られている。だからデータを提供した人々への感謝と敬意を表して、多くの人目に触れるようここで紹介しているというわけだ。

紛い物を、本物のように見せるためだけの、徹底的な努力。

「それで、ヒエダ電索官はいつ戻ってくる？」

ハロルドはつい、マフラーを巻こうとしていた手を止めてしまう――何故分かった？

「君が、ソゾン刑事を殺した犯人探しに執着しているのは百も承知だからねぇ」レクシーは驚いたこちらを見て、満足そうな笑みを浮かべる。「ヒエダ電索官は、君にとっては事件解決への近道になり得る存在だ。彼女が復帰すると分かっていなければ、凡庸な電索官の相手なんかしないでしょ。さっさと別の手を打つよ」

ハロルドは嘆息を堪えた。生みの親とあって、レクシーはこちらの性格ややり方を隅々まで承知している。だが、何でもかんでも見透かされるのは気分がいいものではない――などと、日頃の自分のおこないを棚に上げて思った。

「ヒエダ電索官は、戻ってくるとは仰いませんでした」

「でも、そうなるように何か細工をしたんだろ？」

「どう転ぶかはまだ分かりません」

「へえ、君にしては珍しいな。『分からない』っていうのはさ」

ハロルドはつい、エチカ・ヒエダのメモリを反芻する――ペテルブルクの凍った風に揺れていた、短い髪。険を拭いきれない吊り目がちな瞳。鴉の子のように真っ黒な出で立ち。

それから。

――『その、ありがとう。……ハロルド』

「彼女は」答えを弾き出すのに、少し時間を要した。またあの時の、落ち着かない気分を思い出してしまったから。「多くの人間と違い、私の計算通りに動かないことがありますので」

「それはいいね。興味深い」

「……どういう意味です？」

「思い通りにならない存在は必要だよ。……私にも昔、そういう友人がいた」

呟(つぶや)くレクシーの表情は、どこか感傷的で、普段の飄々(ひょうひょう)とした態度とはかけ離れていて――だが言及するよりも先に、ラウンジのほうから歩いてくるダリヤの姿が見える。

「そのうち、ヒエダ電索官にも会わせてくれよ。面白そうだ」

だから、帰ってくるかどうかは分からないと言っているのに。

ハロルドはそうして、レクシーと別れたのだった。


件(くだん)の天才電索官が復職したのは、数ヶ月後――春を迎えてからのことだ。

第一章――むしられた花弁

1

まるで、悪夢に迷い込んだかのようだ。

エチカは今まさに、ロンドン警視庁（スコットランドヤード）の薄暗い取調室にいる。目の前には見慣れたマジックミラーが横たわり――その向こうに、冷え切ったテーブルに着くハロルドの姿があった。

彼の端正な横顔は、いっそ冷徹なほど落ち着き払っていて。

「被害者のリストを見せたわね。あなたにとっては、普段のメンテナンスで顔を合わせる人たちばかり」

ハロルドと向かい合った女性刑事が、タブレット端末で資料を展開する。

何でだ。

足許（あしもと）がふわふわとして、上手（うま）く頭が回らない。

――何で、こんなことになった？

＊

一日前――サンクトペテルブルク。

四月下旬を迎え、ネヴァ川の氷はすっかり溶け落ちていた。しかし冬の気配はしつこく残っていて、もうしばらくは薄曇りの日々と厚手のコートから離れられそうにない。

〈ただいまの混雑率、七十パーセント。ごゆっくりお買い物をお楽しみ下さい〉

エチカの脳に埋め込まれた〈ユア・フォルマ〉が、そう知らせてくる――縫い糸にも例えられるこの侵襲型複合現実デバイス（スマート・スレッド）は、人間の日常生活に欠かせなくなって久しい。

ゴシチニ・ドヴォール駅と直結した大型デパートは、市内随一の規模だ。日用雑貨からECサイトでは取り扱っていないロシア土産まで、大抵の物が揃（そろ）う。揃（そろ）うのだが――と、エチカはデパートの天井を仰ぐ。十八世紀の帝政ロシア時代から使われている建物というだけあって、非常に豪奢（ごうしゃ）な内装が見返してくる。

傍（かたわ）らから聞こえるのは。

「うーん、紫はちょっと大人っぽすぎますかね……」

「先ほどの、ペリドットのネックレスはいかがです？」

「あっちのほうが似合ってました？」

「ええ、あなたの瞳が引き立つかと。同じように美しい緑でしたから」

「う、美しくないですこんなの！　全然！」

休日は家でごろごろと寝ていたい。もう二度と、他人の観光に付き合わされて休みを浪費したりするものか――と誓ったのは、確か最近だった気がするのだが。

　エチカは今現在、アクセサリーショップにいた。もちろんハイブランドなどではなく、リーズナブルな大衆向けの店だ。目の前には、ネックレスを真剣に選んでいるビガと、彼女にアドバイスをするハロルド――おかしい。今日は日曜だ。朝から晩までベッドの上でだらけつつ、この間買った紙の本を読破するつもりだったのに。

「何で断れなかったんだ……」

　つい、口から心の声が漏れ出てしまう。

　ビガから直接連絡を受けたのは、今朝のことだった。所用でペテルブルクに来ているから、ハロルドと三人で買い物に行かないかと誘われたのだ――断ることもできたのに、自分は今こうして、休日の幸福を押し固めたみたいなデパートにいる。

　知覚犯罪事件の解決以来、何となく、他人を遠ざける理由を見失いつつあった。

　あれから約三ヶ月――事件はその後、国際刑事警察機構によって重要秘匿案件に指定された。容疑者イライアス・テイラーは、ユア・フォルマの開発元である多国籍テクノロジー企業『リグシティ』の相談役だ。彼の動機や犯行に至るまでの経緯など、公になれば社会に多大な影響が及ぶことを加味して、一切が伏せられた。

　同じく、テイラーの犯行に加担したスティーブの一件も、今のところ秘密裏に処されている。人間に反旗を翻した彼は、現在、ロンドンのノワエ・ロボティクス本社にて原因を究明中だ。ハロルド曰く、強制機能停止状態にあるらしい――一時は、ハロルドの処遇さえ槍玉に挙がったと聞いた。何せ彼は、暴走したスティーブと同じRFモデルだ。だが同時に、事件解決の陰の立役者でもある。

ノワエ・ロボティクス社は、国際AI倫理委員会、電子犯罪捜査局と三者協議をおこなった。結果、ハロルドに異常が見当たらなかったこともあり、以前と変わらず電索補助官として勤務を続けることが許されたそうだ――以上が、エチカが彼から聞かされた、その後の顚末である。

「決めた、やっぱりこれにします」ビガが、ハロルドから勧められたペリドットのネックレスを手にする。クローバーのモチーフが愛らしい。「リーには、こっちのブローチを買っていってあげようと思うんですけど」

「素敵ですね、きっと喜ばれますよ」

「ふふ」彼女は無邪気な笑みを浮かべ――ふと、エチカと目が合う。途端に、その顔に若干の緊張が走った。「あ、ええと……ヒエダさんは、もう決まりました？」

「え？」

エチカはつい固まる――今日のビガは、以前のように自分を無視していない。何度か交わした定期報告のやりとりで、険悪だった関係は多少なりとも和らぎつつある。気がする。

「ほら」ビガがぎこちなく、「ヒエダさんも選んで下さいって、最初に言ったはずですよ」

「そうだった？」完全に聞き漏らしていた。「わたしは別に……似合わないから」

「でも、今のままだと寂しくないですか？」

彼女の人差し指が、エチカの胸元を示す——以前まではそこに、銀のニトロケースがぶら下がっていた。だが事件解決後にマトイを手放してからは、自然と身につける機会もなくなっている。今では空っぽで、黒いニットが空(むな)しく編み目を主張するばかりだ。

あれはもともと、ファッションというよりもお守りだった。だから、別段不自由はしていなかったのだが。

「じゃあ、あたしが見繕ってあげます！」ビガはどうしてか険しい表情のまま、そんなことを言い出す。「うーんそうですね……これなんてどうですか？　ロシアっぽいと思うんですけど」

彼女が取り上げたのは、やけに大きなマトリョーシカのネックレスだった。くりくりとした目が朗らかにこちらを見つめている。

「趣味じゃないかな……」

「じゃあこっち」

「え、これ何？　ジャパニーズこけし……？」

「雪娘(スネグーラチカ)ですよ全然違うでしょ！　この猫のモチーフはどうです？　可愛(かわい)くないですか？」

「可愛(かわい)いけれど、猫を見ると上司を思い出して頭が痛くなるから」

「ならこれは？　デバイスがモチーフになっていて、ヒエダさんっぽい」

「HSB、絶縁ユニット、ホロブラウザ、擬似マトリクスコード……仕事で見飽きてる」

「もお、だったらこっち！」

「いやさすがに派手だ」

「でも派手なデザインのネックレスなら、ちょっとは誤魔化せませんか？　ほら」

「え？」

「だから、その……なだらかな感じが」

「…………聞かなかったことにする」

「電索官。私も聞かなかったことにしますので」

「きみもいちいち言わなくていい！」

訂正——ビガとの関係は、まだそこまで和らいでいないかも知れない。

結局、ビガは支払いのために一人でカウンターへと歩いていった。前回は終始無視されていたが、何故今回はやたらと構おうとしてくるのだろうか——ともあれ、やっと諦めてくれた。

エチカが胸を撫で下ろしたのも束の間、

「よくお似合いになるかと思いますよ」

横から精巧な手が差し出される。掌に載った、上品な銀のロケットペンダント——ハロルドは穏やかに微笑んでいた。今日の彼は、いつぞやと同じく休日らしいリラックスした装いで、普段はワックスでまとまっているブロンドの髪も、ふんわりと額に落ちている。

すっかり見慣れて尚、端正さを損なうことのない顔立ちには、半ば辟易してしまう。

「さっきから思っていたけれど」エチカは勧められたペンダントを押し返し、「きみはいつから、このアクセサリーショップの接客アミクスになった？」

「『お客様のような可愛らしい方には、シンプルなデザインがお似合いになります』」

「転職するなら止めない」

「まさか」ハロルドはとんでもないと言いたげに、「折角あなたが復帰して、こちらに引っ越していらしたのですよ」

そう――エチカはつい二週間前、電子犯罪捜査局本部があるリヨンから、ハロルドのいるペテルブルクへと移住したばかりだった。捜査局側としては、彼をリヨンに呼び寄せたかったようだが、ハロルドにはダリヤという家族がいる。妥協点として、エチカをペテルブルク支局へと移し、その上で、引き続き本部からの要請にも応じていく形で合意したのだ。

「こちらでの生活はいかがです？　リヨンよりも過ごしやすいでしょう？」

「確かにすごく過ごしやすいよ。もう四月だけれど変わらず寒いし、野菜は安いのに栄養ゼリーが高い。配達ドローンの故障が頻繁に起きるから、ＥＣサイトで買い物する気が失せる」

間。

「楽しく過ごされているようで、私も嬉しいです」

「補助官。目が笑ってる」

「失礼」ハロルドは瞼を撫でてみせた。「お気に召したものはひとつもありませんか？」

もちろん、全てが気に入らなかったわけではない。「……家のセントラルヒーティングと、たまたま食べたアイスクリーム（マロージナエ）は好きだ。あとは、町の風景も」

「安心しました」彼は頬を緩め、ロケットペンダントを棚に戻す。「しかし……本当にもう、お望みでないのですね」

　ネックレスのことだ。

「きみもよく知っているだろうけれど、あのニトロケースだったから意味があった」

「もちろん理解しています。……寂しさに襲われることは？」

ハロルドはこちらを見ていない。けれど、いつになく優しい声音が全てを物語っている――エチカはどうにも気まずくなって、うつむいた。

「……ないよ」

「たまにおありになると」

「きみはわたしの本心じゃなくて、口に出している言葉と会話して」確かに、何でも見透かす観察眼を持った彼に対して、今の受け答えは賢明ではなかったけれど。「その、確かにあるよ。寂しい時はある。でも本当に……、たまにだけだ」

　マトイがいない寂しさは少しずつ薄れてきて、父を思い出すことも、以前ほど頻繁ではなくなった――それでも時折、ふとしたきっかけで胸が軋（きし）む。不安で足許（あしもと）がおぼつかない瞬間に、姉の顔を思い描いてしまう。

　きっと、一度心に生まれてしまったクレーターを埋めるのは、容易ではないのだ。

けれど。

「何れは、一人でも平気になりたいと思ってる。そうなれるわたしがいるって、きみが見つけたんでしょ」何となく声が小さくなってしまって。「だから……心配しなくてもいい」

多分、いや絶対に、選ぶべき表現を間違えた。ただ一言、「心配しなくてもいい」とだけ伝えればよかったものを。何だか、小恥ずかしい言い回しになってしまった気がする。

というか——やけに静かじゃないか？

「ルークラフト補助官？」

エチカは恐る恐る面を上げて——呆れる羽目になった。ハロルドは、完全にフリーズしていたのである。いつぞやよろしく、深刻な表情でじっとこちらを見つめたまま動かない。

「せめてまばたきくらいしたらどう？」

「ああ……すみません」瞬間、彼が目をしばたたく。まるで石化から解かれたとでも言わんばかりに。「あなたがとても素直なので、驚きのあまり処理落ちしていました」

これである。

「きみはわたしに喧嘩を売らないと生きていけないらしい」

「とんでもない、そんなつもりはありません。ただ」ハロルドは何故か疲れたように、重いため息を吐くのだ。「お願いですから、もう少し私のシステムを労って下さいませんか？」

「何の話？」

「私の推測から外れた行動を取らないでいただきたいのです。処理が困難になる」

「はあ」毎度のことだが、こいつに素直な気持ちを打ち明けた自分が馬鹿だった。「そういえば、きみの敬愛規律は正常だと証明されたらしいね」

『人間を尊敬し、人間の命令を素直に聞き、人間を絶対に攻撃しない』――敬愛規律は、全てのアミクスに搭載された信念である。

なのに。

「補助官、人間を軽んじる癖はいつ治るの？」

「最初から軽んじてなどいません。………電索官？　何故固まるのです？」

「ああごめん、きみの嘘があんまりに白々しくて処理落ちした」

「可愛らしいジョークですね。嫌いではありませんよ」

「今のはジョークじゃなくて皮肉なんだけれど？」

そうこうしているうちに、会計を済ませたビガがこちらへと帰ってくる。

プルコヴォ空港のロータリーに到着した時、空にはわずかな晴れ間が出ていた。柔い日差しの下で見るラーダ・ニーヴァは、深みのあるマルーンの車体をてらてらと輝かせて、上機嫌そのものだ。

「送っていただいてありがとうございました」買い物を満喫したビガは、『戦利品』の紙袋たちを大切そうに抱えている。「今日は楽しかったです！」

「私もです」と、ハロルド。「またペテルブルクにいらしたら、是非誘って下さい」

「いいんですか？　本当に、お呼び立てしちゃいますよ？」

「社交辞令ではありませんよ、あなたとご一緒するのは楽しいですから」

「そ、そうですか」ビガが一気に頰を染める。「……あの、だったらまた、お誘いします」

ぷしゅうと湯気を立てそうなほど、彼女は真っ赤だ——ビガはハロルドの正体がアミクスだと知ってなお、意識せずにはいられないらしい。曰く、人間とアミクスのカップルは存在するそうだから、彼女が不憫ということはないだろうが……ハロルドの本性を知っているエチカとしては、複雑な気分になる。

「お忙しいと思いますが、お体に気を付けて」

「そうなんです。復活祭が終わったと思ったら、今度はトナカイの子供が沢山生まれて」ビガは言いながら、ハロルドと握手を交わす。「ハロルドさんも、無理しないで下さいね」

それから彼女は遠慮がちに、エチカのほうにも手を差し出してくるのだ。

「あの……ヒエダさんも、今日はお休みなのに来てくれてありがとうございました」

「いや、……こちらこそ」

エチカもまた、不器用にビガの手を握り返す。小さくてあたたかかった。こういうコミュニケーションにも少しは慣れたつもりだけれど、いつも戸惑いが拭えない。

「次にお会いする時は、ヒエダさんがどこに行くか決めて下さい」ビガはほとんどそっぽを向くようにして、「今日は何だか、あたしばかり楽しんじゃった気がするので」

「——え？」

「だから、前に色々とひどいことを言ってしまったから……いえ、やっぱり何でもないです。とにかくまた遊びに行きましょう、それだけですから！」

ビガは逃げるように握手をほどいたあと、軽く手を振って去っていった——その小柄な後姿を見送りながら、エチカはやっとこさ気付く。今日、ビガが自分を誘ってくれたのは、前回の埋め合わせをしようと考えてくれていたからでは？

彼女なりに、申し訳なさを感じていたのだとしたら。

「あなた方はそのうち、友人になれそうですね」

我に返る——ハロルドが、微笑ましそうにこちらを見ていた。そうか。彼にしてみれば、ビガがエチカを誘った理由は一目瞭然だったに違いない。

これまで頑なに一人で生きてきたせいで、どうも鈍くていけないな、と思う。

でも——ビガがこうして歩み寄ってくれるのは、素直に嬉しい。上手く言えないけれど、何だか、胸がぽかぽかとしてくる。以前よりも少しだけ、前に進めたような気がして。

次に会う時は、自分ももう少し、彼女と親しくなれるよう努力しよう。

「補助官。市内に戻ったら、適当な駅の前で降ろしてくれる？」

「ご自宅までお送りしますよ。何なら、引っ越しの荷ほどきを手伝いましょうか？」

エチカはぎくりとした。「……何で荷ほどきが終わっていないって分かった？」

「あなたの性格からして、生活必需品以外の荷物は必要な時まで開封せずに放置します」

「自分でやるしきみを家に上げたくない。見られた瞬間にプライバシーが吹っ飛びそう」

「心外ですね。幾ら私でも、部屋を見ただけで相手の全てが分かるわけではありませんよ。せいぜい、生育環境と家族構成、人間関係くらいしか把握できません」

「吹っ飛ぶどころか木っ端微塵だね」

「すみません、仰っている意味がよく分かりません」

「急に掃除ロボット並に知能指数を下げるのはやめて」

その時、聞き慣れたサイレンが喧噪を切り裂くようにして近づいてくる。エチカたちは何となしに振り返り――警光灯を閃かせた捜査車両が、ロータリーに滑り込んできたところだった。車体に並んだキリル文字を見る。ユア・フォルマの解析が追いつく。

国際刑事警察機構の国家中央事務局が所有している車両だ。

「何？　事件？」

「分かりません、こちらは特に何の連絡も受けていませんが……」

まもなく、車から二人の捜査官が降りてきた。パーソナルデータがポップアップ――国際刑事課の所属だ。主に、国際間での容疑者の確保や引き渡しを担う課である。二人は空港の建物には見向きもせず、真っ直ぐにこちらへと歩いてくるではないか。

「ハロルド・ルークラフト電索補助官だな？」

「確かに、私がルークラフトですが……」

何なんだ？　エチカはわけがわからず、捜査官とハロルドを見比べる。ハロルド自身も、状況を上手く呑み込めていないようだった。

「会えてよかった」捜査官がやにわに、タブレット端末を取り出す。そうして、ハロルドに画面を突きつけた。「君に、ロンドン警視庁から任意同行の要請が届いている。拒否した場合、正式に傷害事件の容疑者として立件するそうだが、どうする？」

エチカたちは思わず、顔を見合わせる。

——一体、どういうことだ？

2

ロンドン警視庁——カーティス・グリーン・ビルディングは、厳かにテムズ川を見下ろしている。窓に目をやれば、川向こうの観覧車や水族館が一望できた。眼下の道路を通り過ぎる、真っ赤なダブルデッカーバス。ウェストミンスター橋が目と鼻の先というだけあって、観光客の往来も多い。それを逃がすまいと、大量に流れ込んでくるMR広告の数々。

取調室は当然、そんな賑わいからは隔絶されている。密度の高い静けさに、息が詰まりそうだ——エチカはマジックミラーの前で腕を組んだまま、隣のブラウン刑事をちらと見やる。典型的な英国人の顔立ちをした三十代男性で、パーソナルデータ曰く、階級は警部補。

彼はロンドン市内で発生した、ハロルドによる連続襲撃事件の捜査を担当している。

「もう十分でしょう」エチカはなるべく冷静に言った。「ブラウン刑事。ルークラフト補助官の記憶を見たはずです。彼には、全ての犯行時刻にアリバイがあります」

「機憶と違って幾らでも改竄できる、信用ならない。あれが人間を攻撃したのなら尚更だ」

「補助官の敬愛規律は正常です、つい最近ノワエ社が診断したばかりだ」

「だとしても、被害者たちの証言が一致しているんだぞ」

ＲＦモデル関係者連続襲撃事件。

ロンドン警視庁は、今回の傷害事件をそう名付けた。

最初の犯行が起こったのは、七日前。ノワエ・ロボティクス本社に勤める技術者が、帰宅途中に殴りかかられ、軽傷を負った。翌々日、別の技術者が襲われたが、鈍器で暴行を受けて骨折し入院。更に、三人目の被害者は刃物で切りつけられ、四人目に至っては脚を深々と突き刺されたという——徐々に犯行内容がエスカレートしているのは、一目瞭然だ。

犯行には、二つの共通点が見つかっている。

一、被害者たちは、RFモデルの調整を担当する特別開発室に所属している。
二、犯人の容姿について、全員が「RFモデルだった」と証言している。
このことから、ロンドン警視庁は国際刑事警察機構（インターポール）を介し、ハロルドに任意同行を要求――プルコヴォ空港に、要請を受けた国際刑事課の捜査官らが現れたというわけだった。

だがエチカにしてみれば、全く以て（もって）意味不明な事件としか言いようがない。ずっと狐（きつね）につままれているような気分だ。あるいは、悪い夢でも見せられているかのような。

「わたしはここ一週間、ルークラフト補助官と毎日一緒にいました。彼が事件を起こすのは、まず不可能です」

ブラウンは頑としていた。「ペテルブルクからロンドンまでは、直行便で四時間程度だ。仕事を終えてからロンドンへ飛び、朝までにとんぼ返りすることもできる」

「できません。それにできたとしても彼はアミクスですよ、一人じゃ飛行機に乗れない」

「人間の協力者がいる可能性は大いにあると思うがね。陰謀に利用されているか、それとも単独での暴走か……現時点では二つの線を視野に入れるべきだ」

視野云々（うんぬん）という問題ではない――エチカはこめかみを揉（も）んだ。

「そもそも、アミクスを取り調べにかけること自体が馬鹿げています。彼が正常かどうかを知りたいのなら、まずノワエ社に送って調査を依頼するのが筋では？」

「ヒエダ電索官、君がイングランドの事情に極めて疎いのはよく理解したよ」ブラウンは、いかにも侮蔑的だ。「ここはアミクス誕生の地だ、彼らの人権は当然保障されている」

イングランドは、まさしく絵に描いたような『友人派』のための国である。アミクスを人間と同等に尊重し、家族の一人として大切に扱い、その人権を保障する——機械保護法という名の下に、イングランド法に掲げられている項目の一つだ。英国人の多くは、アミクスのために葬式まで執り行おうとする。たとえ代替可能な量産型でも、彼らにとっては『世界にたった一人』なのだ。それほどまでに、アミクスを人間と等しい存在だと考えている。

だがその結果が、この不当な取り調べだ。全く、人権保障が聞いて呆れる。

ブラウンは続けた。「だからアミクスが問題を起こせば、こうして取調室に入れて、人間に訊ねるように事情を聞くのは常識だ。尤も……これまでここにやってきたのは、人間から窃盗の濡れ衣を吹っかけられた浮浪アミクスくらいだがね。傷害事件は初めてだ」

マジックミラーの奥——取調室のテーブルを挟んで、ハロルドと、ブラウンの相棒である女性刑事が向かい合っている。ハロルドは冷静に、差し出されたタブレット端末を見つめていた。展開された資料に目を通しているようだ。

「被害者のリストを覚えているわね。あなたにとっては、普段のメンテナンスで顔を合わせる人たちばかり……自分を整備してくれる技術者たちに、何か恨みでもあったのかしら？」

「繰り返しますが、私ではありません。先ほど開示したメモリを信用していただけませんか」

「データの改竄は不可能なことじゃないわ。そうでしょう？」

エチカの隣で、ブラウン刑事が鼻から息を洩らす。

「彼らは本来、敬愛規律によって拘束された安全な存在なんだがな……」

「でしたら尚のこと、補助官のこれも濡れ衣だと考えられませんか」どうしても、刺々しい口調になってしまう。「人間に弁護士をつけるように、アミクスにもシステムの正常性を証明するための技術者が必要です」

「もちろん検討しているとも。だが、彼はノワエ社のカスタマイズモデルだ。例のニュースが事実なら、あそこの技術者は信用できない」

「ニュース？」

エチカはわけがわからず眉を寄せる――丁度、女性刑事がハロルドの前に新聞を置いていた。英字がびっしりと印字された古くさいそれは、英国では今なお市民の生活に根付いているという。

「ハロルド、この記事に見覚えは？　地元では有名なタブロイド紙よ」

【王室献上のアミクス、人間に発砲！】

何とも下品な見出しが見て取れる――何だあれは。まさかスティーブのことか？

エチカはそこで、やっとこさ思い出した。確か知覚犯罪事件の捜査関係者が、重要秘匿案件であるスティーブ暴走の情報を、独断で記者に売ったのだ。当然、懲戒免職処分になった。だが、相手がロンドンのタブロイド紙だとは自分も知らなかった。

とてもニュースなんてものじゃない、もっと低俗なゴシップだ。

「この記事は先々月、RFモデルが暴走して人間を襲ったことを報じている。スティーブはあの有名な知覚犯罪事件の容疑者、イライアス・テイラーに加担したそうね」

「残念です」とハロルド。

「ええ、とても残念な報道よ」

「いいえそうではない。ゴシップを信用なさるあなたにがっかりしています、刑事」彼はどことなく、同情的な表情を作ってみせる。「最近、あまりよく眠れていらっしゃらないようですね？　お子様に辛く当たってしまって、カウンセラーを頼っているとか」

待って。エチカは目を覆いたくなった——警察の人間を相手にそれを始めるつもり？

「どこで聞いたのかは訊ねないでおくわ」女性刑事は案の定、しかめ面になっている。「取り調べに集中しなさい、ハロルド」

「集中していますよ。だからこそあなたのご様子が気がかりです」ハロルドは彼女の顔を覗き込むように、じっと見つめて。「原因は、パートナーとの関係ですね？　深い悩みがおありのようだ。私でよろしければ、おうかがいしますよ」

「捜査官、あなたのユニークな個性は聞いている。素晴らしいけれど、今は必要ないの」

「私の敬愛規律が見過ごすことを許さないのです。是非とも、あなたを慰めて差し上げたい」

「………気持ちだけで十分よ」

女性刑事は口ぶりこそ頑なだったが、その態度はごくわずかに軟化していた。しかもハロルドの熱っぽい眼差しに当てられたのか、若干頬が赤い——エチカは天を仰いだ。何考えているんだあいつは。相手は配偶者がいる刑事だぞ、籠絡しようとしてどうする？

ブラウン刑事が深刻に呟いた。

「やはり明らかに正常じゃない」

残念だが、正常である。

「話を戻すけれど」女性刑事が咳払いをして、「ノワエ社は報道を否定したわ。けれど今回の捜査で、スティーブが強制機能停止状態にあることを認めた。解析ポッドに入っているそうね」

エチカはとっさに壁のマイクスイッチを押し込み、会話に割り込んだ。「本件は国際刑事警察機構の重要秘匿案件に抵触します。詳細はお答えできません」

「……それは残念だわ、ヒエダ電索官」

女性刑事が、ミラー越しに不満げな視線を寄越す——だが、ロンドン警視庁に情報を共有する道理はないし、そもそもエチカの裁量では決められない。

「言いたいのはつまりこういうことよ」と、彼女が仕切り直す。「スティーブは機能停止していて、もう一人のマーヴィンは長らく行方不明。恐らく、とっくに故障している可能性が高い……要するに動機はどうあれ、この事件で被害者を襲うとしたらハロルド、あなたがまず第一に浮上するということなの」

そしてロンドン警視庁はこうも考えている、と女性刑事は付け加えた。

「これほど似たような事件が連続するということは……あなたたちRFモデルには、ひょっとして何らかの欠陥があるのではないかしら？」

あまりにも直球で、その上侮辱的だった。

「ブラウン刑事」エチカは堪らなくなってきて、彼を睨む。「そのタブロイド紙が、何をどう面白おかしく書き綴ったかは知りませんが、仮にも警察機関の人間がゴシップに肩入れするのはあまりに愚かでは？」

「一時はBBCが報じたほどだ、信憑性が皆無とは言えない」

英国放送協会――エチカは頭痛がしてきた。確かにスティーブは、人間である自分を殺そうとした。だが原因となったエラーに関しては、ノワエ社が特定したと聞いている。同モデルのハロルドを危険視するのは自然な心理だとしても、襲撃事件そのものは言いがかりだ。

「彼自体が改造されていると見るべきだ」ブラウン刑事はあくまでも冷静だ。その冷静さが、エチカのもどかしさに拍車をかける。「たとえばハロルドに共犯者がいたとして、それがアミクスのプログラマか何かなら、彼を暴走させることは容易なはず」

「だったら、尚更ノワエ社に……」

「倫理委員会直轄の解析研究機関にハロルドを移送して、詳しく調査をおこなうつもりだ」

「解析研究機関？」エチカは唖然とした。「ノワエ社が許可したというんですか？」

「これは事件捜査の一環だぞ、向こうが拒んでも我々は強行できる」

冗談じゃない、ハロルドは潔白なのだ。

「彼は電子犯罪捜査局の所属アミクスです」エチカは食い下がった。「もしそちらがよろしければ、共同捜査案件として電索官を派遣しましょうか？　犯人に襲われた被害者を電索すれば、補助官が犯行に関わったかどうかはすぐに明らかになる」

「申し出はありがたいが、電子犯罪捜査局はハロルドの謂わば身内だろう。君の態度からしても信用できない」正論すぎて、ぐうの音も出ない。「お嬢さん。現実を受け入れたくないのは分かるが、度が過ぎれば見苦しいだけだぞ」

ブラウンはそれきり、口を利かなくなった。たかだか小娘がぴいぴい喚いている、とでも思ったのだろう——とにかく、このままではますます厄介なことになる。万が一ハロルドを解析研究機関に送られてしまえば、こちらからは手出しができない。

エチカは頭を抱えた。ああもう本当に、何でこんなことになっている？

天地がひっくり返ったって、彼は犯人ではない。

何としてでも、それを証明しなければならなかった。

ハロルドの取り調べは、最後まで平行線のまま幕を下ろした。また明朝早々に再開するというのだから、本当に頭が下がる話だ——もちろん、嫌味である。

取調室を出たエチカは、苛立ちも露わにエレベーターへと乗り込んだ。乱暴にパネルをタップし、一階へ向かう——電子煙草を思い切りふかしたい気分だった。禁煙を始めて以降、こんなに強い衝動に襲われたのは久しぶりだ。

〈コルチゾールの分泌量が増加しています。リラクシングミュージックをご紹介しますか？〉

最近導入した、ユア・フォルマの健康管理アプリが話しかけてくる。想像以上に煩わしいので、そろそろアンインストールしよう——提案を断ったところで、無意識のうちに、胸元に手をやっていたことに気付く。

ニトロケースは、もうないのだ。

大丈夫、落ち着け。策はある。

エチカは自分を宥めながら、エレベーターを降りた。

そのまま、来客向けのラウンジへと入っていく。均一に並べられたソファに、一人の女性がぽつんと座っていた。栗色の髪と華やかな目鼻立ちが特徴的なロシア人——〈ダリヤ・ロマーノヴナ・チェルノヴァ〉ハロルドの所有者であり、彼の唯一の家族だ。

今回、ハロルドがロンドンに連行されるにあたり、ダリヤも同行していたのだった。

「ヒエダさん」立ち上がったダリヤの頬は、いつにもまして青白い。「取り調べは終わったのね？　ハロルドは？」

否が応でも、自分の不甲斐なさを突きつけられる――彼女にはいい報告をしたかったのに。

「すみません、担当刑事が強情で……釈放の目処は立ちませんでした。ですが、これは明らかな濡れ衣です。わたしのほうでも早急に手を打ちますので、」

続きは、自然と途切れた。ダリヤがみるみるうちに細い肩を震わせて、顔を伏せたからだ。今にも崩れてしまいそうで――エチカは思わず、彼女の手を握っていた。そんなことができる自分に、少し驚く。

緊張で汗ばんでいて冷たい、華奢な手。

「その」気の利いた言葉が、すぐには出てこない。「何か、飲み物を用意しましょうか」

「いえ、平気よ……ごめんなさい情けなくて」ダリヤは、やんわりとエチカの手をほどく。縋るように、指先を握り込む。「だめね……こういうことがあると、ソゾンの時を思い出してしまうの。どうしても」

ソゾン刑事の名は、エチカの記憶にもはっきりとこびりついている――ダリヤの亡夫であり、浮浪アミクスだったハロルドを拾った、彼の恩人だ。ソゾンは約二年前、サンクトペテルブルクで起こった友人派連続殺害事件『ペテルブルクの悪夢』に巻き込まれ、惨殺された。

ハロルドは未だに、ソゾンを殺した犯人を捜し求めているはずだった。

「何だか……怖くて」ダリヤが自嘲気味に微笑む。「当たり前の日常なんて、簡単に失われてしまうでしょう。蠟燭の火を吹き消すみたいに……突然、いなくなるの」

「ダリヤさん」

「もし疑いが晴れなかったら、ハロルドは、その……機能停止されてしまうのかしら」

半永久的な強制機能停止――その可能性をわずかでも考えて、エチカはぞっとした。

「させません。彼は電子犯罪捜査局にとっても大切な補助官です、必ず無実を証明します」

「ありがとう」ダリヤは今にも泣き出しそうだった。「どうか、よろしくお願いします」

「わたしはもうしばらく残りますので、ダリヤさんは先にホテルへ……」

「あの、すみません」

横から声をかけられた――一人の男性が、ラウンジに現れたところだった。珍しい赤毛の髪に、平凡ながらも温和そうな顔立ち。ユア・フォルマがパーソナルデータを開く。

〈ピーター・アンガス。三十六歳。ノワエ・ロボティクス本社開発研究部、特別開発室副室長……〉

今回事件に巻き込まれた開発室で、RFモデルのメンテナンスを担当している一人だ。

「ああやっぱり、ダリヤさんだ」

「アンガス副室長」ダリヤが驚いたように瞠目する。「どうしてこちらに？」

なるほど――ブラウン刑事は、ノワエ・ロボティクス社を信用していない。にもかかわらず、特別開発室の人間がここに来ている。つまりノワエ社側が、ハロルドの件を聞きつけて一方的に送り込んだのだろう。

案の定、アンガスは困った様子でうなじを掻く。「ハロルドのことで、我が社も連絡を受けましてね。敬愛規律の簡易検査をさせてもらおうと来たんですが、ロンドン警視庁にはとりつく島がない。帰るところです」

ふと、アンガスとエチカの目が合った。

「ああアンガス副室長。こちら、電子犯罪捜査局のエチカ・ヒエダさんです」

ダリヤが簡単に紹介してくれたので、事なきを得る——うっかり、また名乗りもせずに話しかけてしまうところだった。パーソナルデータを閲覧できるのは捜査関係者の特権だが、どうも礼を欠きやすい。

「あなたがヒエダ電索官ですか。お噂はかねがね」アンガスは社交的な笑顔を作り、「ハロルドから話を聞いています。博士も会いたがっていましたよ」

博士？

エチカがまばたきを繰り返す間に、ダリヤとアンガスはやりとりを重ねている。

「ダリヤさん、ホテルに戻られるならお送りしましょうか。丁度車で来ていて」

「ええ、それは助かりますけれど……いいのかしら」

ダリヤは遠慮する素振りを見せていたが、結局はアンガスに送ってもらうことにしたようだ。

エチカも安堵する。今の状態の彼女を一人きりにするのは、少々心配だったから。

立ち去る二人を見送ったところで、急いでエレベーターへと引き返す。

ダリヤのためにも、この馬鹿げた状況をさっさと何とかしなければならない。

『蠟燭の火を吹き消すみたいに……突然、いなくなるの』

今になってようやく、彼女の傷の深さを、鮮明に想像できたような気がしていた。


取調室の入り口には、警備アミクスが生真面目に立っている。エチカが近づくと、彼はIoT連携を通じて、庁内の来客データベースからこちらの身元を照合したようだった。快く、入り口の扉を開けてくれる――ハロルドは、まだそこにいた。一人、誰もいなくなったテーブルに着いているではないか。

「ああ、電索官」

彼はエチカの姿を認めるなり、こんな時までも端麗な面立ちで微笑んだ。今日初めて見る、彼の笑顔だ――わけもなくほっとしたのは、きっと、少し疲れているせいだろう。

「ブラウン刑事を待っているところです。彼が戻ったら、留置場へ移ることになっています」

「ロンドン警視庁は任意同行の意味を学び直すべきだ」エチカは苦々しさを隠せない。「きみにはアリバイもあるのに、ブラウン刑事たちは聞く耳を持たない。ノワエ社の技術者が訪ねてきても突っぱねる始末だ、どうかしている」

「そのあたりで」

ハロルドがちらと天井に視線を投げる——録音機能つきの監視カメラが設置されていた。だが、この程度で咎められるわけでもない。仮にリアルタイムで監視されているとしても、見ているのはどのみち警備アミクスだ。

「たった今、ダリヤさんをホテルに帰したよ」

「彼女の様子はいかがです？」

「かなり動揺している。ノワエ社のアンガス副室長が居合わせて、送っていってくれた」

「彼も来ていたのですか……すみません、上手くいけば今頃釈放されていたはずなのですが」

ハロルドは心底億劫そうなため息を洩らし、「あの女性刑事に取り入って、無実を証明する算段でした。しかし、さすがに捜査関係者の壁は厚いですね」

エチカは思い出して、ついげんなりとする。

「補助官、きみもカメラを気にしたほうがいい」

彼はお構いなしだ。「私が心にもないことを言っていると、彼女は見抜いていました」

「当たり前だ。あんなのわたしだって見抜ける」

「まさか。あなたは騙されるでしょう？」

「わたしのことを何だと思ってるの？」

「ここが取調室でなければ」と、彼は室内を見回してみせる。「もう少しやりようはありました。恐らくですが、たとえば」

「やめて聞きたくない」

「まだそれほど野蛮なことは言っていません」

「まだね。とにかく」エチカはテーブルに浅く寄りかかった。「このあと、トトキ課長にきみのことを相談するつもりだ。何とかするよう頼むから、これ以上余計な真似はしないで」

「分かりました、大人しくしておきます」ハロルドはいかにも誠実そうに頷き、「電索官。あなたも、あまり不安にならないで下さい」

「わたしは何も、不安になんかなっていない」

「掌を指でさすっています。不安を感じた時の行動ですよ」指摘されて初めて、自分の仕草を自覚した。「強がらなくても構いません。理解の及ばない事態なのですから、動じるのも無理はない」

　ああもう見透かすな。エチカは髪をかき混ぜて——そこでふと、マジックミラーに映った己と目線がぶつかる。苛立ちと疲労と焦りが綯い交ぜになって、随分とひどい顔をしているではないか。

　しっかりしろ。腐っても捜査官の端くれだろう？

　頬を叩いて、何とか気持ちを切り替える。

「……補助官。きみが落ち着いているのは、事件の犯人が分かっているから？」

「私も冷静なわけではありませんよ」彼はひどく穏やかに答えた。どう見ても冷静そのものだが、ハロルドはアミクスだ。人間よりも感情のコントロールが容易なのかも知れない。「残念ですが、この状況で犯人を推測するのは困難です。情報があまりに少ない」

「きみと同じ容姿をしていて、監視ドローンが通らない地点を犯行現場に選んでる。時間帯は深夜で、被害者はRFモデル関係者……」エチカはぶつぶつとこれまでの情報を整理し、「素直に考えれば、行方不明のマーヴィンか、特別開発室の被害者たちを知っていて、恨みを抱いている人間だ。ドローンの経路を理解していたりと土地勘があるから、ロンドンに住んでいる。でも、変装の可能性はない？」

「ええ。記録が残っていないので断言できませんが、仮に変装だったとしても、四人の被害者全員がRFモデルと見紛うのは難しいでしょうから」ハロルドも珍しく眉を寄せている。「ブラウン刑事は、私の模造アミクスが作られた可能性も考慮しているようですが、製造できる場所には限りがあります。大がかりな作業になりますので、人目を盗んでおこなうのは厳しい」

　他に考えられるとすれば例のホロモデルくらいだが、これも排される。リグシティが開発中の投影型ホロモデルは、知覚犯罪事件にも使用されたことで記憶に新しい――だが、あれは一般に流通している技術ではない。しかも実体がないので、暴力を振るうという犯行時の行動と矛盾する。選択肢としては除外していい。

「行方不明のマーヴィンが生きていて、犯人である確率は？」

「パーツはさておき、我々の循環液は量産型アミクスに準じています。どこかの修理工場で、型番を偽ってメンテナンスを受けていれば、彼が今も稼働している可能性はありますが……」

「だとしても、偽る理由がない？」

「私が考える限りは思い当たりません。もう一点気がかりなのは、事件が世間に一切報じられていないことです」

「気がかり？　ロンドン警視庁が情報管理を徹底するのは、当然だと思うけれど」

真相がどうであれ、現状の犯人はハロルド——アミクスということになっている。万が一にもアミクスが人間を襲ったとなれば、一度出回った例のゴシップネタも相まって、ロボットを中心とした社会構造に甚大な影響を与えかねない。それは、公的機関である警視庁が望むところではないというわけだ。

「ですがもし、犯人の目的が事件の大々的な報道……アミクス社会に異を唱えるような類のものであれば、今後、より過激な手段に出るかも知れません」

「確かに実際、犯行はエスカレートしている」エチカは歯嚙みした。この先、更に被害が拡大するのは目に見えている。「事件はもちろん、早急に解決しなきゃいけない。ただ今は、きみの釈放が最優先——」

「ハロルド！」

突然、ノックもなく入り口の扉が押し開けられた。エチカとハロルドは驚いて面を上げる——ブラウン刑事だった。ハロルドを留置場へ連行しにきたのかと思いきや、何やら頰をこわばらせている。様子がおかしい。

「ブラウン刑事？　どうしまし……」

「ずっとここにいたか？」

彼が食いかかるように問うてくるので、エチカは理解が遅れる。「え？」

「だからヒエダ電索官。ハロルドはずっとここにいたのか？」

「いました」答えたのはハロルドだ。彼は今一度、天井の監視カメラを一瞥(いちべつ)し、「もし信用できないようでしたら、あちらの記録を調べて下さい。私はあなたに命じられた通り、この部屋からは一歩も出ていません」

「分かった、ああそうか、いや、クソ……」

何なんだ？　エチカはわけがわからない。「一体どうしたんですか、刑事？」

「やられたんだ、」

それは溶け出した鉛のように、ぼたぼたと床に滴(したた)り落(お)ちた。

まさか——エチカの背筋をじわりと、何かが伝っていく。

「たった今、連絡が入った。またしても襲撃が起こったと」ブラウンの乾いた唇が、ひどくゆっくりと動いて見えて、「その……襲われたのは、ハロルドの所有者だ。ロシア人の——」

掌(てのひら)に、蘇(よみがえ)ってくる。

先ほど握りしめた、汗ばんで冷たい、細い手の感触。

呼吸を忘れたエチカの横で、ハロルドが立ち上がる気配がした。

——ダリヤ。

3

深夜の病院には、独特の空気が漂う。あまりにも白く清潔な空間は、ふっつりと世界から切り離されたように静まりかえる。途方もなく漂流するしかなくなった宇宙船の中も、きっとこんな静寂で満ちているに違いない。

ダリヤの搬送先は、ロンドン・ブリッジを望む総合医療センターだった。

『皮肉なものね。所有者が襲われて、ようやく補助官の疑いが晴れるというのは』

「正確には晴れたとは言い切れません。ブラウン刑事は、ルークラフト補助官に共犯者がいる可能性も疑っています。ただ、彼を拘束しておく理由がなくなっただけで……」

エチカは一人、院内のテレフォンブースでホロ電話をかけていた。合成樹脂の安っぽい椅子に座り、ホロモデルのウイ・トトキ上級捜査官と膝をつき合わせている——トトキは、電子犯罪捜査局本部にて電索課を束ねる、エチカの上司だ。グレースーツと、迷いなく腰へと流れ落ちたポニーテールが、彼女の鋭い目鼻立ちを引き立たせる。

『それで、ダリヤさんは重傷なのね？』

「……はい。今も手術中です」

先ほどの出来事を反芻する——ブラウン刑事の知らせを受けたあと、エチカはハロルドとともに、総合医療センターに駆けつけた。ロンドン警視庁からの情報伝達が迅速だったお陰で、丁度、ダリヤを乗せた救急車と時を同じくして到着できたのだ。

耳障りな音を響かせてストレッチャーが降りてきた時、自分がどうやって息をしていたのか覚えていない。横たわったダリヤの肌は土気色で、救急隊員が彼女の腹部を懸命に押さえていた——転がされていくストレッチャー。先に追いかけたのは、ハロルドだ。自分はただ機械のように、茫然と彼に倣った気がする。

「ダリヤ！」呼びかけるハロルドの声は、縋るようで。「ダリヤ、聞こえますか！」

虚ろだった彼女の瞼がぴくりと動く。菫色に落ちた唇が、空気を食んで。がらがらと激しく走り続けるストレッチャーのそれで、ほとんどかき消されていた。

けれど確かに、ダリヤはこう紡いだ。

——「電索して」

それきり彼女は、糸がふっつりと切れたかのように、目を閉じてしまう。

「このまま手術室に入ります」救急隊員が早口に言う。「ご家族の方はどうかここで」

そうしてハロルドとエチカは、否応なしにストレッチャーから引き剝がされた——遠ざかっていくダリヤを、無力のうちに見送るしかなかった。

こんなことが、起こっていいはずがないのに。

『落ち着きなさい、ヒエダ。その声の震えを何とかして』

エチカは慌てて、不器用に咳払いした。実のところ、身近な人間が事件に巻き込まれた経験はこれが初めてだ。どうしても動揺を隠せない。

「課長、わたしがお願いしたいことはもう察して下さっているかと思いますが」

『もちろん分かっている、皆まで言わなくていいわ』トトキは相変わらずの鉄仮面だったが、その冷静さが、今は染み入るほどにありがたい。『ところで、補助官は？』

「ダリヤさんの手術が終わるのを待っています」

『……そう』彼女は眉間に手をやる。『ヒエダ。辛い時だけれど、私たちは会議に集中させてもらいましょう』

＊

テレフォンブースに顔触れが揃ったのは、数分後のことだった——決して広いとは言えないブース内に、カンファレンステーブルのホロが追加される。トトキとエチカに続いて席に着いたのは、ノワエ・ロボティクス社特別開発室のアンガス副室長、ロンドン警視庁へイグ警視監、そして、

『事件が起こった以上、ＲＦモデルの運用を即刻停止すべきだというのが我々の意見だ』

国際ＡＩ倫理委員会の最高権力者である、トールボット委員長だった。

『確かに我々は、ＲＦモデルの企画書を審査し、製造を認可した。だがこれほど問題が頻発すれば、話はまた変わってくる。運用停止は、国際ＡＩ倫理委員会（ＩＡＥＣ）の総意だ』

ホロモデルのトールボットは、白髪交じりの髪を短く刈り込んだ初老の男性だ。品良く整えたシェブロンの口髭（くちひげ）と、額に刻まれた幾重もの縦皺（たてじわ）が、どこか酷薄な雰囲気を醸し出す。

国際ＡＩ倫理委員会（ＩＡＥＣ）。

人工知能を中心とした現代社会において、その生産過程と流通網を審査・監視するための国際機関は必要不可欠である。倫理委員会の監査機関は各国に設置されており、全てのロボットは彼らの審査を通過し、認可を得ることで初めて市場に流通する。逆を言えば、審査を申請しないままロボットを販売すれば、明確な国際法違反として処罰の対象になるというわけだ。

ロボット社会の安全性を担保する存在――それこそが、国際ＡＩ倫理委員会と言える。

スティーブ暴走の一件後、倫理委員会は、ハロルドの継続的な運用を認めたはずだった。

だが今回の事件は、彼らの姿勢を大きく変えさせたらしい。

『トトキ捜査官。我々は君に直接、ハロルド・ルークラフトの機能停止を要求する』

『お断りします』トトキが答える。『ハロルドの安全性は、ノワエ社が何度も証明しました。何より彼にはアリバイがあります。捜査局にとって必要不可欠な存在を、濡れ衣（ぬれぎぬ）で手放すわけにはいきません』

『同じく反対します』

アンガス副室長だった――ダリヤをホテルまで送り届けた、温厚そうな赤毛の男性である。今の彼は緊張しているのか、目に見えて頬を引き締めていた。

『トールボット委員長。確かに襲われたうちの技術者たちは、犯人をRFモデルだと証言しています。ただ確定はしていない。ハロルドの機能停止は早計です』

『被害者の証言に間違いはない』ヘイグ警視監が、端正な発音で言う。『仮に犯人がハロルドでなくても、次に浮上するのはマーヴィンだ。彼は依然行方不明なのだろう？』

エチカは四人のやりとりを聞きながら、テーブルの片隅で膝を握り締めていた――事件の概要を知らされた時から、何れこうなるのではと思っていた。

だが、と理性を上回る何かがこみ上げる。

何もダリヤが危篤の時に、こんな会議を開かなくたっていいだろうに。

『アンガス副室長』トールボット委員長は剣呑な面持ちで、『スティーブの暴走について、我々は最終報告書を受け取っていない。だが、原因は大方見当がついているそうだね？』

『効用関数システムのエラーによるものです。ただ、どのようなプロセスを経て不具合を起こしたのかは今も判明しておらず、調査中でして……』

『要するに、犯人がハロルドであれマーヴィンであれ、RFモデル自体に欠陥があるとみるべきでは？』

　エチカは口を噤んだまま、静かに憤りを覚えた——例の女性刑事だけでなく、この委員長までそんなことを言い出すのか？

『正常です』アンガスは柔らかく反論し、『RFモデルの企画書は、あなた方の審査を通過しています。欠陥があれば、その段階で弾かれるはずですよ』

『もちろんだ。私は君たちが、欠陥が生じるかも知れない抜け道を見落としたんじゃないのかと言っている』委員長は冷淡な眼差しで、『あれは何だ、次世代型汎用人工知能とか言うんだろう？　だったら、これまでにない理由で暴走が起きたとしてもおかしくはない』

『委員長はこう仰りたいのですね？　実現不可能とされていた複雑怪奇なコードを取り入れたせいで、想定外の要因でコードが書き換わり、敬愛規律の無効化に繋がったと』

トールボットは、自身の浅慮を誤魔化すように咳払いした。『アミクスは自分で考えて行動している。次世代型ともなれば、そうした有り得ないエラーが生じることもあるだろう』

『残念ながら』アンガスは懸命に、穏やかな口ぶりを心がけているように見えた。『委員長、イングランドの人間の悪い癖です。ぼくらには、どこの国の人々よりも友人派だという自負があります。つまり非常に強い擬人観を以てして、アミクスを見てしまう癖がある』

『彼らは少し単純なだけで、ほとんど人間だ』

『振る舞いを見ればそうでしょう。ですが、アミクスの思考は見せかけです。確かに彼らは考えていますが、思考の数歩手前にある「判断」が限界だ。「中国語の部屋」をご存じですか』

中国語の部屋――哲学者ジョン・サールの思考実験だ、とアンガスは言った。

アルファベットしか読めない英国人が、ある小部屋に閉じ込められる。外から、一枚の紙切れが差し入れられた。そこには漢字で質問が書かれているのだが、当然英国人には理解できず、単なる記号にしか見えない。

『しかし、小部屋の中には一冊のマニュアルがあります。英国人はこの中から、受け取ったものと同じ質問、そこに付随する回答を見つけ出し、紙切れに書いて外の中国人に渡しました』

この時点でもやはり、英国人は漢字を理解していない。ただ絵を模写するように、記号として書き写しただけだ。

『ですが紙切れを受け取った中国人には、そこに書かれた完璧な答えしか見えない。だから小部屋の中には、自分と同じように中国語を解する人間がいると考える。会話が成立している、と解釈するんです』

『……実際はそのように見せかけているだけなのに、勘違いすると？』

『そうです。ぼくらは擬人観を通じて、アミクスに心を見出しているだけに過ぎません』

『RFモデルのように、次世代型汎用人工知能であっても同じなのかね？』

『同じです。そうでなければ、安全性を担保できなくなります』

エチカは戸惑った――量産型アミクスならば、その説明でも納得できるかも知れない。だがアンガスの言う通りなら、次世代型汎用人工知能のハロルドまでもが、単に『思考しているように見せかけているだけ』ということになる。

確かにエチカも、彼と出会った当初はそのように考えていた。ハロルドの感情も思考もプログラムに過ぎない。何もかも、空っぽな偽物（にせもの）なのだと。

けれど、今は違う。

――『ソゾンを殺した犯人を捕まえたのなら、この手で裁きを与えるつもりです』

もしも彼の思考が見せかけなら、あの言葉は一体何だったのだ？　あれも、『人間らしさ』の体現に過ぎないということだろうか。大切な人を殺されたら、奪った相手に対して憎しみを抱くという、それらしさを真似（まね）ているだけか？

『――彼らが自分でコードを書き換えて暴走するというのは、数多（あまた）のフィクションが見せる幻想です』アンガスの声が、エチカを現実に連れ戻す。『そもそもアミクスの製造規定として、小部屋の中のマニュアルに「人間への攻撃」を書き込むことは禁じられています』

『つまり』と、トトキ。『凶悪犯罪の報道や乱暴な映画を見たら、学習して人間を攻撃するようになるということもないのね？』

『もしそれが可能なら今の社会は成立していません。もちろん、「攻撃」という概念は彼らの知識に存在しますが、それと実際の攻撃行動はイコールではない。ぼくらが金属を見たって、「食べたい」とはならないですよね。アミクスも同じで、暴力的なものを見ても「襲いたい」

とは思わない。そもそもそのようにできていない』

『だから、自分でコードを書き換えて暴走する危険もないと?』

『ええ。もし原因があるのならスティーブと同じく効用関数システムのエラー……人為的な改造でしょう。RFモデルに使われているシステムコードはかなり難解な類ですが、改造が不可能とは言い切れません。共犯者がいるのなら、プログラマかも知れない』

『だとしても、ルークラフト補助官は正常だった。つまり彼は犯人じゃないわ』

『トトキ捜査官』トールボット委員長が責めるように呼ぶ。『おたくが固執しているハロルドは、どう考えても火種だ。優秀なのは間違いないだろうが、君は盲目になっている。今度は例のタブロイド紙ごときでは済まないぞ』

『回りくどい言い回しは結構です、何を仰りたいのですか?』

『電子犯罪捜査局は、安全性が保証された新しいアミクスを発注するべきではないかね?』

——え?

エチカはまばたきを止めてしまう。この男は、いきなり何を言っている?

『端的に言えば君たちは、そこの天才電索官が支障なく捜査に携われればいいわけだ。なら、欠陥があるかも知れないRFモデルに固執するよりも、資金を投じて安全なアミクスを作るほうが堅実だろう』

『失礼ですが、現実的ではありません』アンガス副室長が反論する。『RFモデルほどのアミクスを作るとなれば、それなりに時間がかかりますし、問題は莫大なコストだけでなく……』

『そもそも我々倫理委員会は、元からハロルドを使い続けることには反対だった。知覚犯罪を解決したアミクスが、暴走したスティーブと同型だなんて社会的に示しがつかん』

『それは以前にもうかがいました』トトキは冷ややかに、『捜査局は慎重に情報を管理してきましたし、今日までスキャンダルには至っていません』

彼女の言う通りだ。エチカは何度も頷くが、委員長は意に介さない――ああくそ。今すぐにテーブルを叩き付けて、口を挟みたい。こんな馬鹿げた話し合いに、一体何の意味があるのだ？

『捜査官、今後もそう言い切れるかね？　あれは悪目立ちする、そもそも顔からして』

『顔は、私の性癖に一番刺さるパーツなんですよ。ケチつけないでくれます？』

突然、空席に新たなホロモデルが描き出される――年若い長身の女性だった。跳ね散らかした、青っぽいブルネットの髪。眼鏡の奥の瞳は切れ長で、夜を連れてきて閉じ込めたかのように底知れない。

思わず釘付けになる――誰だ？

『どうも遅れまして』彼女はまとったよれよれのラボコートが霞むほど、堂々と長い足を組む。

『到着早々、自分が作った作品を貶されているってのは、あんまりいい気分じゃあないねぇ』

エチカはホロ電話会議の参加者リストを確認する――新たに加わった彼女の名前から、ユーザーデータベースに接続。直接、パーソナルデータを引きずり出す。

〈レクシー・ウィロウ・カーター。二十九歳。ロボット開発技術者。ロボット工学博士号取得者。ノワエ・ロボティクス本社開発研究部、特別開発室室長〉

続けざまに、怒濤のように並ぶ功績の数々。十八歳で、ケンブリッジ大学エルフィンストン・カレッジを卒業。アメリカ人工知能学会が主催する国際人工知能会議にて、三年連続アワード受賞——中でも目を惹いたのは、

〈次世代型汎用人工知能『RFモデル』開発チーム主任。弱冠十九歳にして、RFモデルのシステムコードを単独で書き上げた〉

そうだ。今は、RFモデルの処遇について重要な会議が開かれている。何故、はじめから室長が同席していないことを不思議に思わなかった?

エチカは食い入るように、彼女を見つめてしまう。

つまり——この人こそが、ハロルドたちの母親なのだ。

『カーター博士』トールボット委員長が睨む。『二十分の遅刻だ、反省したまえ』

『緊急招集だったんだから勘弁して下さいよ』レクシーは悪びれもしない。『委員長、相変わらず素敵な髭ですね。ああどうも警視監、初めまして。おたくのブラウン刑事にはもう少し躾が必要じゃないかな?』

『君もだ』トールボットが吐き捨てる。『各所から顰蹙を買っている己を顧みたらどうだね。

ウェブを見たことがあるか？　君のアンチだけで軍隊が組めるぞ』

『残念ながら、影を踏まれたくらいの痛みしか感じませんので』

『RFモデル製作時も、開発チーム内では散々だったそうだな。チームが解散したあとに告発された主任は、後にも先にも君くらいのものだろう』

『私怨にまみれた虚偽の告発ですよ。そんな大昔の話を昨日のことのようにされてもねぇ、年を取ると一年を一日に感じるってのは本当みたいだ』

『博士』アンガス副室長が呻く。『弁えてください。頼みますから』

エチカは、RFモデルの生みの親を想像したことなど一度もない。一度もないが、それでも——これは違う。少なくとも、予想の範囲外だったと断言できる。

『話を戻そう』トールボット委員長がやや声を張って、『繰り返すが、電子犯罪捜査局はハロルドを手放して、RFモデルと同等のスペックを持った新しいアミクスを発注すべきだと』

『で、それは誰が作るんです？』

『……カーター博士。今は君の意見は求めていない』

『ひとつ言えるのは、その新しいハイスペックなアミクスとやらを作れるのは、まず間違いなく私しかいないということ。そして、私にはそんなすんごいアミクスを作る気は更々ないということです』

『委員長、この堂々巡りに結論を出しましょう』ヘイグ警視監が、うんざりしたように腕を組む。『ともかく我々ロンドン警視庁は、明日からマーヴィンの捜索に本腰を入れる』

『六年間も位置情報が途絶しています』と、アンガス副室長。『既にどこかで故障していると考えるべきです。もちろん、死体が発見されたわけではありませんが……』

『加えて、ハロルドに共犯者がいる可能性も依然として捨てきれない。電子犯罪捜査局には犯人が見つかるまでの間、彼の運用停止を求めたい』

この期に及んで、まだその話をするつもりなのか――エチカはいい加減我慢ならなくなってきて、腰を浮かせていた。全員の視線がこちらに集中したが、構わない。

むしろ始めから機を窺ったりせずに、堂々と発言すべきだったのだ。

「ルークラフト補助官のパートナーとして、断固反対します」エチカははっきりと言い、「彼がいなければ、わたしは安全な電索をおこなえません。これは、電子犯罪捜査局全体にとっての損失です。警視監は、捜査局の運営そのものに口出ししていることになりますよ」

ヘイグ警視監が眉をひそめた。『天才電索官はいささか自信過剰なようだ』

「ええそうです」エチカは怯まなかった。「実際、わたしは事実を誇張してなどいません」

『ヒエダ電索官の主張が正しいわ』トトキが援護してくれる。『ヘイグ警視監。そちらが我々の職務を妨害するというのなら、相応の考えがあります』

『どうかしているぞ』

「何とでも」

　もしもこのままハロルドの運用停止を認めたらどうなる？　それこそ、ＲＦモデルに欠陥の烙印を押すようなものだ。そうなれば、電子犯罪捜査局が不自由するだけでは済まない。彼に愛情を注いでいるダリヤは、どれほど傷付くだろうか？

　それに、自分だって――ハロルドが必要だ。

　電索のために？

　それだけではないはずだった。

「警視監」エチカはヘイグを見据える。「ルークラフト補助官は、わたしが責任を持って監督します。ですから当面の間、彼の処分を保留にして下さい」

『認められると思うのか？』

『認めてもらわなくても構わないわ』トトキは変わらず冷徹なままで、『あなた方が手に入れられない犯人への手がかりを、我々はすぐにでも見つけることができる。これだけで十分でしょう？』

　ヘイグ警視監がうっすらと青ざめていく中で、トールボット委員長が眉根を寄せる。あっけに取られているアンガス副室長と、笑みを浮かべてみせるレクシー博士。

　知覚犯罪事件の時、エチカはハロルドのお陰で、姉の虚像を手放すことができたのだ。だったら、助け返したっていいだろう。

　何よりも、自分は彼のパートナーなのだから。

「――RFモデル関係者襲撃事件は、ロンドン警視庁に替わって、わたしが解決します」

＊

確か、ソゾンが埋葬された日は小雨が降っていて、墓地の青い下草が匂い立っていた。

ロシアの墓は、御影石に故人の彫刻を施したものが一般的だ。厳粛な面構えの死者たちが、こちらを盗み見てくる――何故、人間はこんなに馬鹿げたことをするのだろう、とハロルドは考えたものだった。目にすれば必ず辛くなる亡き人の姿を、どうして、刻み付けるかのように残そうとするのだろう？

「帰りましょう、ダリヤ」

ハロルドは静かに口を開く――ダリヤは先ほどから、ソゾンの墓の前に屈み込んで動かない。まだ石碑がこしらえられていないそこは、柔らかな土の小山に過ぎなかった。手向けられた花々が、虚しく雨粒を跳ね返す。彼女の長いスカートの裾は地面を覆い、すっかりぐずぐずに濡れてしまって。

「そうね」

ダリヤは呟いた。ずっとこの繰り返しだった。彼女は決して、立ち上がらない。他の親族は「今はそっとしておこう」と言い合って、とうに帰ってしまった。

ハロルドは彼女に傘を差し掛けたまま、ひたすらに、待っている。

ぱらぱらと、頭上では雨音が泣いていて。

「……結婚したばかりの頃、もうこの人とは別れようと思った時があったの」ダリヤの声は、雨のそれよりもうんと小さい。「つまらないことで喧嘩をして……ただその時、どうしようもなく確信して辛かったのよ。『彼はきっと、どれほど危険な目に遭っても、事件を解決しようと飛び込んでいくんだろう』って」

「はい」

「別れておけばよかった。やっぱり……だって、だってそうしたら今、こんな……」

そのままくしゃくしゃに潰れて、聞き取れなくなってしまう。

ハロルドは彼女のつむじを見つめながら、メモリの再生を始めた――ソゾンが殺害されてからたったの数日だが、これでもう何度目か分からない。ただ、犯人に拘束されている彼の姿を、あのおぞましい光景を幾度も、幾度も辿り直す。

救える余地があったはずだ。どこかに、手立てが転がっていたはずなのだ。なのに、自分は見落とした。見落としてしまった。単に身動きを封じられていただけではない。敬愛規律のせいだ。何もできなかった。ただ、彼の。彼の首に、腕に、足に、食い込んでいく鋭利な……。

循環液の温度が異常に上昇していると気付き、再生を中断する。

ダリヤがようやく腰を上げた時、雨はすっかり止んでいて、

「ハロルド。私……家に帰るのが怖いわ」

それでもどうしてか、傘をたためずにいたことを、覚えている。

「いつもの日常に戻って、あの人がいないって思い知らされるのが、……怖い」

泣き腫らしたダリヤの目を見て、ようやく自分の胸に渦巻いたものの正体を理解した——恐怖だ。彼女と同じく、ハロルド自身も怖くてたまらないのだ。ソゾンを助けられなかった事実を、失ったという現実を見せつけられることが、あまりにも恐ろしい。

それは、自分の無力さを教え込まれるのと同じだ。

助けられたはずだ。何かが、できたはずだ。

それなのに、

『取ってあげるよ』

火花を散らすように、マーヴィンの顔が浮かび上がった——堀庭園の鮮やかな紅葉が、メモリを焦がす。自分の肩に留まった蝶(ちょう)を、文字通り摑(つか)み取(と)った弟。

彼は、摑み取れたのだ。

そうか。

そういうことだったのだ。

だが——あまりに遅すぎた。

「私がいます。ダリヤ」

ハロルドは噛み締めるように言って、そっとダリヤを抱き寄せた。彼女の細い体は、初夏にもかかわらず冷え切っている。アミクスの体温よりも、ずっと鈍く感じられて。

「……約束します。決して、あなたを一人にはしません」

それは、彼女に対する誓いだった。

同時に、自分にとっての誓いでもあったのだ。

電子音と化したダリヤの鼓動が、無感動に聴覚デバイスを穿つ。

集中治療室のベッドは曖昧な白さで、彼女の頼りない肢体を包み込んでいる。

ハロルドは傍らの椅子に座り、ベッドから落ちたその手を握りしめていた。剥き出しの腕から伸びた管は、自分の診断用ケーブルとは似ても似つかず、人間の脆さを突きつけてくる——ダリヤの瞼は青白い。もう二度と開かなかったゾゾンの両目を、思い起こさせる。

手術はつい先ほど終わり、彼女はどうにか一命を取り留めた。

経過観察に移ったものの、まだ、意識は戻っていない。

通報者の証言によれば、ダリヤは、ホテル付近の裏通りに一人で倒れていたらしい。アンガス副室長と別れたところを、犯人に襲われたようだ。例によって犯行現場に目撃者はおらず、監視ドローンの巡回経路からも外れていた。

犯人は凶器を使って、彼女の柔い腹部を深々と突き刺した。

ハロルドは祈るような思いで、ダリヤの手の甲に額を押し当てる。その儚さにぞっとした——何故、予想できなかった？ 使い物にならない自分の頭に、回路が焼き切れそうな苛立ちを覚える。予測できたはずだ。RFモデルの関係者が狙われるのだとしたら、ダリヤが巻き込まれる可能性も、十分にあると。

犯人は一体何者だ？

何を考えて、RFモデル関係者を襲っている？

不意に近づいてくる靴音を聞きつけて、ハロルドは静かに顔を上げる。まもなく、ベッドを囲っている滅菌カーテンの向こうから、ブラウン刑事の声がした。

「ハロルド。少しいいか」

億劫だったが、システムに命じて本心を覆い隠す——ハロルドはいかにも穏やかな面持ちで、カーテンの外へ出た。無論、相応の沈痛さを添えておくことは忘れなかったが。

ブラウン刑事は開口一番、不躾に言った。「事情聴取をしたいんだが、彼女の意識は？」

「まだ戻っていません。手術を終えたばかりですので」

「君も辛いだろうな」薄っぺらい慰めだった。「我々は君を釈放したが、やはり念のため、一度解析研究機関に回したいと考えている。もちろん、応じるかどうかは——」

「補助官に解析の必要はありません、ブラウン刑事」

割り込んだそれに、ハロルドは視線を動かす——エチカだ。真っ直ぐにこちらへと歩いてくるその姿は、白い院内にぽつりと落ちた墨を思わせた。芯の通った瞳が、爛々（らんらん）と燃えていて。

それだけで、ハロルドは彼女が何を告げにやってきたのか、悟ってしまう。

「ご挨拶だな、電索官」ブラウンが鼻白む。「事件は我々の担当だ、君が口出し……」

「RFモデル関係者襲撃事件は、電子犯罪捜査局が捜査権を引き受けました」エチカは鋭く言い放ち、「これはロンドン警視庁警視総監と、電子犯罪捜査局長の協議の末、既に決定された事項です」

「……何だって？」

ブラウンは焦（あせ）ったように宙を一瞥する。ユア・フォルマが何らかのメッセを受信したか、それとも電話が鳴ったのか。どちらでもいい、とハロルドは思う。もはや彼は部外者だ、構う必要すらない。

「ヒエダ電索官」彼女の目を見た。「指揮権はトトキ課長に？」

「そうだ。ここからはわたしたちが、捜査を引き継ぐ」

エチカならば、トトキに何らかの働きかけをしてくれるかも知れないと思っていたが——願ってもいない展開だった。もし彼女が動かなければ、ハロルドのほうから、そうなるように仕向けるつもりでいたくらいだ。これ以上にありがたいこともない。

自分が巻き添えを食（く）うだけならば、まだいい。

だが、犯人はダリヤに手を出した。

——相応の報いは、受けさせなければならない。

「ルークラフト補助官」エチカの眼差しは、迷うことなくこちらを射貫いている。「今日の午前中から、被害者たちの電索を始める。……できるね？」

答えは最初から、決まっている。

「もちろんです、電索官」

4

〈ただいまの気温、十五度。服装指数C、薄手の上着を持ち歩きましょう〉

シェアカーの車窓を、リージェンツ・パークの青々とした緑が飛び去っていく——カーパークから調達した間に合わせのイタリア車は、エチカとハロルドを乗せて、流れるようにロンドン市内を進む。空は薄曇りだったが、今すぐ通り雨がやってきそうな気配はない。

「事件の被害者たちは、市内の病院に点々と散らばっているのでしたか」

「電索にあたって、ダリヤさんのいる総合医療センターに集めてもらった」

「それは手際がいい。ところで」ハロルドが何やら、ダッシュボードに展開されたマップを指差す。「丁度この近くにベイカー街があって、シャーロック・ホームズ博物館が見学できるのですよ。ご存じでした？」

「今まさにユア・フォルマの広告が宣伝してる」エチカは通り過ぎる建物のMR広告を流し見て、「ホームズもワトスンもきみだけで十分だ」

「ありがとうございます」

「そうじゃない、もうお腹いっぱいだって言いたいの」

　助手席のハロルドは、未明の様子から一転、落ち着きを取り戻している——だが、実際のところは分からない。取り調べの一件からしても、彼が自分の感情を制御するすべに長けているのは明白だ。

「しかし」と、ハロルドが軽く手を組む。「トトキ課長は、一体どんな魔法を使って捜査権を奪い取ったのです？　本当に、警視総監と局長が協議を？」

「本当だよ」例の会議でエチカが啖呵を切ったのち、トトキが話を局長へと押し上げたのである。「確かに、今回の事件は今のところ電子犯罪じゃない。本来は管轄外だ。でもきみが濡れ衣で動けないのは、捜査局にとっても困る」

「ロンドン警視庁が更に事態をこじらせる前に、犯人捜しを引き受けたほうが都合がいいと考えたのですね」

「もちろん、異例中の異例だよ。きみは被害者の謂わば身内なわけだから、事件に関わるのは不適切だ。ただ、わたしを運用するにはきみが必要不可欠だから、無理が通っただけ」

　トトキ曰く、局長を説得するのに時間はかからなかったそうだ——局長も彼女同様、エチカを高く買っている。自分の突出した情報処理能力は、電索における並列処理が可能だ。一般の電索官ならば何日もかかるところを、たったの数時間で事件解決の鍵を探し出せる。しかしその代償として、故障に追い込まれた補助官は数知れない。

捜査局が頭を痛めていた矢先に、現れたのがハロルドだ。彼のお陰で、人間の補助官にリスクを負わせることなく、エチカの能力を最大限引き出せることが証明された。だからこそ、ロンドン警視庁との関係に亀裂が入ることを覚悟してでも、ハロルドを確保したかったに違いない。

「ありがとうございます、電索官」気付けばアミクスは、いつもの如く完璧な微笑みを浮かべていた。「トトキ課長から聞きました。会議の場で、率先して私を守ろうとして下さったそうですね」

エチカはぎくりと肩をこわばらせる。「……わたしだけじゃない。課長も、アンガス副室長も、それこそ博士だってきみを守ろうとしていた。きみが潔白なことは皆理解して」

「あなたがかばってくれたことが、一番嬉しいですよ」

「いやだから」

「アミクス嫌いもすっかり克服されたようで、何よりです」

「確かに克服したけれど……」あれはもともと、自分を過去の傷から守るために作り上げた虚勢に過ぎなかったのだ。しかし彼の前で改めてそれを認めるのは、何と言うか、ものすごく居心地が悪い。「だからって、きみのことを好きだということにはならない」

「照れ隠しはもう少しお上手になさっては？」

「どこをどう見て照れ隠しだと思った？」

「お望みでしたら、三十分ほどかけてじっくりとご説明できますが」

「ありがとう聞きたくない」

全くこいつは――エチカは苛立ちながら、そっぽを向く。彼なりに心配をかけないよう、調子よく振る舞っているのだろうか？　だとしても、何もダリヤが大変な時にまで平気なふりをしなくてもいいだろう。素直に「不安だ」と口にすればいいのに。

エチカですら彼女のことを思えば、この瞬間がひりつくほど耐えがたく感じるのだ。

それとも――彼にとって自分は、それほど頼りなさそうに見えるのだろうか？


総合医療センターは夕べと打って変わり、外来患者でごった返していた。出迎えてくれた人間の医師に案内され、被害者たちが待っている病室へと移動する――こうしていると、ハロルドと初めて会った日を思い出す。どうにも感傷的になっているのは、やはりダリヤが襲われたせいかも知れない。

犯行は、エスカレートし続けている。

最悪の事態に陥るのも、時間の問題だろう。

ダリヤのためにも、一刻も早く犯人の手がかりを掴まなくては。

「こちらです」医師が足を止める。ナースステーションに最も近い病室の前だった。「そろそろ鎮静剤の投与が終わり、準備が整っているかと思いますが……昨晩入院したダリヤ・チェルノヴァさんに限っては、依然として昏睡状態ですので投与は避けています」

医師に続き、エチカたちは病室に踏み入った。むん、と奇妙なあたたかさが全身を包む——五つ並んだ病床では、それぞれの被害者が眠りに落ちている。ほとんど外傷が見当たらない軽傷者から、骨折した患部を吊り上げている重傷者まで。

窓際で一際多くの機器に囲まれているのは、他でもないダリヤだった。電索のため、一時的にICUからこちらの病室へと移されている。酸素マスクをつけ、クリームを落としたようなベッドに沈み込む姿は、昨晩と何ら変わっていない。

変化がないことが、これほど辛いとは。

エチカは、一瞬前の決意が揺らぎそうになる——本当に、こんな状態の彼女に潜って平気なのだろうか？

ハロルドが問うている。「ダリヤの容態はいかがですか？」

「変わらずですね」医師は淡々と答え、「意識は戻らないものの、バイタルは安定しています。電索の際に異常があれば中断してもらいますので」

「準備ができました。どうぞ、ヒエダ電索官」

ベッドを行き来していた看護アミクスが、被害者全員と繫(つな)がった〈探索コード〉を差し出してくる——エチカは、受け取るのをためらった。わけもなく、緊張で嫌な汗がにじみ出す。

「電索官？」ハロルドは怪訝(けげん)そうだ。「どうなさいました」

「いや……」

目の前の〈探索コード〉を見つめながら、逡巡(しゅんじゅん)する——これでは、いつぞやと逆だ。リーがスノーモービルで横転事故を起こした時、自分は何が何でも彼女を電索しようと、彼の反対を押し切ったというのに。

「お気持ちは分かります。私も不安です」ハロルドの手が、エチカの肩に触れた。「ですが、ダリヤ自身が電索されることを望んでいるのですよ。あなたも聞いていたでしょう？」

ストレッチャーで運ばれていく彼女の、祈るような囁(ささや)きが色づく。

『電索して』

エチカは下唇を嚙(か)んだ——確かに、彼の言う通りだ。

覚悟を決めよう。

「……分かった」

今度こそ、コードを手に取る。いつもよりも時間をかけて、トライアングル接続を作り上げていく。自らのうなじの接続ポートに〈探索コード〉を挿し込み、続けて二つ目のポートに〈命綱(アンビリカルコード)〉を繫(つな)いだ。垂れ下がったコネクタを、ハロルドへと手渡す——彼は左耳をずらし、同じく接続ポートを露出したところだった。この光景もはじめは不気味だと思ったが、だんだんと慣れてきてしまうのだから恐ろしい。

かちり、と嚙み合うコネクタ。

うっすらと発光する〈命綱〉が、ハロルドの頬に照り返す。

「始めましょう、電索官」

「ああ……」

必ず、手がかりを見つけてみせる。

「――始めよう」

エチカは息を止めて、瞼を下ろす――その瞬間に、ふっと突き放されるような落下が始まる。電子の海へ。情報に塗り潰された世界へ。擬似的な浮遊感が体を包み込んで。ああ本当に、この感覚を味わうと、ここが自分のいるべき場所なのだと実感する――迷わず、五人の被害者の〈表層機憶〉へと飛び込んだ。

瞬間、肌を這うような寒気が走る。逃げ出したいほどの恐怖。怖い。痛い。事件のショックによるものだ。『ああ嫌だ助けて』こそぐような痛みが、貫いてくる――『許せない』刺すような怒りが掠めた。『こんな目に遭わされるくらいなら』『ちゃんとメンテしてやったのに』

『壊してやれば』――技術者たちにしてみれば、手塩にかけた我が子に牙を剝かれたも同然なのだ。だがどうあっても、後ろめたさと居心地の悪さが襲いくる。見てはいけないものを、見てしまったかのような。

受け流すんだ。冷静に。

目的はここじゃない。

幸い、逆流の気配はなかった。マトイを手放したことで折り合いが付いて、精神的に安定したのか、電索官に復帰した後から少しずつ制御が利くようになってきている――そのまま事件発生時の機憶へと、落ちていく。

はじめに見えたのは、宙を舞う赤だった。浅く切り裂かれた皮膚。続いて、大きくぶれる視界。殴りつけられたのだと分かって。振り上げられるハンマーが夜闇にぎらつく――エチカは顔を歪めざるを得ない。悲鳴とこびりつくような真っ白い恐れが、頭の内側で弾ける。声も出ない。言語化されなかった感情の渦が、四肢にからみついて――きついな。久しぶりに息切れを覚えた。仕事に復帰して間もないせいかも知れない。被害者への電索は時として、容疑者のそれよりも苦しく、重たく感じられるのだ。たとえ感情を切り離せたとしても、感触自体はどうしたって突き抜けてくる。

黒い沼のような恐怖をかきわけながら、どうにか目を凝らす。入り交じった機憶。夜。狭い路地。裏通り。自宅の前。ひと気のない暗闇の中。頼りない街灯が揺れている。風にすすり泣く街路樹。突如として、背後から腕を摑まれる。犯人は何れも、背中から襲いかかっているのか——ああ機憶の中でも、現実と同じようにパーソナルデータが閲覧できればいいのに。そうすれば相手が何者かはすぐに見破れる——片隅で、光った。ナイフ。折りたたむ形状の、フォールディングナイフだ——瞬間、ざあっと闇が這い上がってくる。

何だ？

ちらと雪が舞う。違う、灰だ。細かな灰が降っている。暗い。空は深い穴のようにぽっかりと口を開けて——ぽつぽつと、辺りに何かが点在している。石碑。墓だ。灯火みたいに浮き上がっている。

現実の機憶ではない。

これは、夢だ。

誰かが——ダリヤが見ている夢。

夢の機憶は、極めて鮮明なものであれば情報変換され、保存されることも多い。しかし通常、これらは認知の歪みや誇大化が著しく、捜査の参考にはならない。なるべく気に留めず、通り過ぎなければいけない——だが、目を逸らせなかった。

ダリヤは一人、墓地に立っている。すうすうと何だか寒くて。胸元に手をやると、大きな風穴が空いていた。驚いて、両手で押さえつける。塞がらない。隙間から、真っ赤な液体がにじみ出してくる。怖い。悲しい。怖い。悲しい。その繰り返しで。止まらない。

『ダリヤ』

懐かしい声に呼ばれて、振り向く――だがその先には、開かれたままの傘が転がっているだけ。

誰もいない。

誰も、いない。

――駄目だ。

エチカは食い込むような絶望を、どうにか振り払った。ソゾンを失った時の夢だろうか。絡みついてくるそれを必死で切り離す。集中しろ。今は事件の機憶を探すんだ。出口はどこ？もがいて、宙を引っ掻く。

突如、闇が裂ける。

再び、耳を劈く悲鳴。路上にちらつく影。事件の機憶へと戻ってきた。掠めるブロンドの髪は、犯人のそれか？まだ見えない。『助けて』『殺される』『怖い』『やめて』逃げる間もなく、殴りかかってくる。あるいは地面に押し倒される。犯人の靴がちらつく。革靴だ。随分とすり減っていて。

『――ハロ、ルド？』

ダリヤのか細い声――ぼやけた視界が、広がる。腹部に深々と沈んだフォールディングナイフ。そのグリップを握り締めている人影が、眼前に――そんな。まさか。エチカは息を呑む。

おぼろげだが映し出されたその顔を、知っている。

非の打ち所がない、精美なまでに作り込まれた面立ち。ブロンドの前髪が額を覆い隠し、夜の底でもなお輝いていた。凍った瞳はただ物を見つめるように、無機質にこちらを捉えて。

――RFモデル。

『どう……して……』

ダリヤの譫言を聞き留めた犯人は、かすかに怯んだ。その手が一瞬、突き立てられたままのナイフのグリップから離れて。

『ハロルド?』整った唇が、初めて言葉を発する。水中に沈んだように暈けているのは、ダリヤの意識が混沌としているせいか。『ハロルドを……知っているのか? もしそうなら――』

ずぶ、と世界が沈没していく。

最後に見えたのは、去っていくRFモデルの後ろ姿――そのまま、別の被害者の機憶へと潜り込んでいく。エチカは激しい動悸を抑えられない。嘘だろう。他の機憶にも、同様のRFモデルが映り込んでいて。

やがてふっつりと途絶える――〈探索コード〉が引き抜かれる。

目を開けた時、病室の照明がやけに青く感じられた。搦め捕るような被害者の感情から解放され、エチカは止めていた息を吐く――思わず、首に手をやった。汗ばんでいる。

信じられない。今のはおかしい。

ハロルドには、間違いなくアリバイがある。

だとしたら。

「電索官」

目の前の彼に、表情はなかった。たった今、ダリヤや知人の技術者たちが襲われる場面を見せられたのだ。さすがに穏やかではいられないだろう——だが、エチカはぞっとする。湖の瞳は、まるで氷晶がこびりついたかのようで。

そのあまりにも温度のない眼差し(まなざし)に、あるはずのない殺意が紛れ(まぎ)込んだ気がした。

やはりハロルドはアンガスの言っていた、『小部屋の中の英国人』には見えない。その根幹を為す(な)ものがただのプログラムなのは理解している——しかし、どうしたってもっと複雑に感じる。

これは、自分自身の擬人観から生じる幻想なのだろうか？

「ドクター」と、ハロルドが呼ぶ。「ダリヤの容態は？」

「安定していますよ。影響は出ていないようです」

彼とともに、エチカも胸を撫で(な)下ろ(お)す——よかった。ひとまず、大きなつかえが取れる。

ただ。

「被害者の証言通りだ」喉がからからに渇いていた。「犯人は、どう見てもＲＦモデルだった。やっぱり、あれはマーヴィン……」

「まだ断定はできません」

「どうして？　スティーブは機能停止中で、きみにはアリバイがある。だったら必然的に」

「犯人には、ほくろがありませんでした」

エチカは、今し方潜った機憶を反芻する——被害者たちを襲った、あのRFモデルの秀麗な容貌を。ほぼ全員が朦朧としながらその姿を見ていたため、映像にはやや不鮮明な部分もあった。だがそれを差し引いてなお、RFモデルのつるりとした顔立ちに、ほくろらしきものは見受けられなかった。

「我々は全員が同じ容姿ですから、レクシー博士は見分けがつくように調整しました」ハロルドは自らの口許を指し示し、「犯人がマーヴィンなら、ここにほくろがあるはずです。あるいは、隠しているのかも知れません」

「隠す？　何のために？」

「犯人を三つ子の何れかに攪乱するためか、あるいは、犯行自体と関係する理由でしょうか。今の機憶だけでは、私にも推測がつきませんが」

「あのRFモデルは、きみのことを気にしていた」彼は、ダリヤの呟きに対してあからさまに反応したのだ。「ダリヤさんがきみの所有者だと……RFモデルの関係者だと知らずに襲ったということ？」

「犯行はエスカレートし続けていますから、ここにきて一般人に手を出したとしても不思議はありません。ダリヤが狙われたのは、アンガス副室長と行動をともにしていたせいでしょう」

だがそこに、犯人の誤解があった。彼女は一般人ではなく、ハロルドの所有者なのだ。相手もダリヤを暴行して初めて、そのことを知ったに違いない。

「どちらにしても――手がかりは、既に見つかりました」

彼は静かに言い足す。驚くまでもない。エチカとて、それを見出していたのだ。

「ナイフのグリップだね」

「その通りです」

そう――RFモデルは、ダリヤにナイフを突き刺した。そしてハロルドと見間違えられた時、一瞬怯んでグリップを離したのだ。その時、彼女の視界は確かに捉えていた。

グリップに刻まれた、特徴的な意匠を。

林檎を思わせる果実に、剝き出しの肋骨が覆い被さったような、独特のデザイン。

「何かのロゴマークかも知れません。調べてみましょう」

ハロルドはすぐに、ウェアラブル端末のホロブラウザを開く――まもなく、ウェブが答えを授けてくれた。表示された画像検索結果には、今まさに機憶で見たものと同じ、林檎と肋骨のモチーフがずらりと並んでいる。

「ケンブリッジ大学、エルフィンストン・カレッジの盾章……？」

エチカは読み上げて、つい、彼の顔を見てしまう――何せエルフィンストン・カレッジの名は、あまりにも記憶に新しい。

それを察したかのように、ハロルドが首肯する。

「レクシー博士の卒業校です。彼女に話を聞きにいく価値はありそうですね」

第二章——ブラックボックス

YOUR FORMA

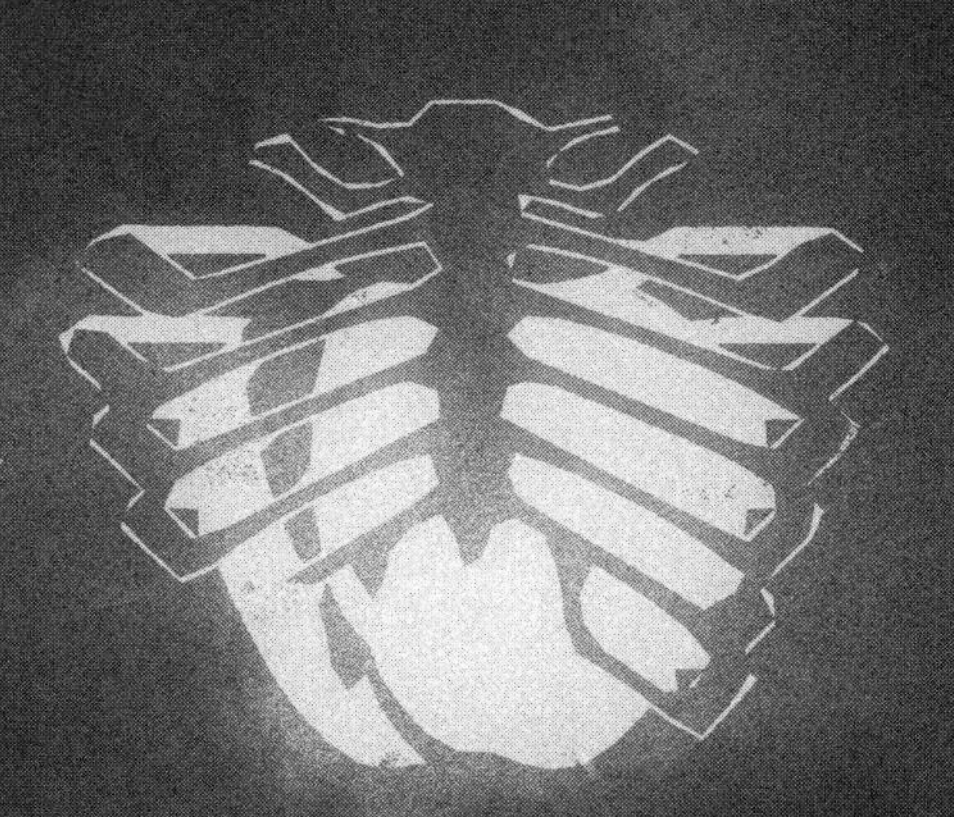

1

キングス・クロス駅の北側——リージェンツ運河を挟んだ広大な敷地(しきち)が、ノワエ・ロボティクス本社の拠点である。かつてこの区画には、産業革命時代の穀物倉庫や石炭保管庫がそのまま残されていたらしい。今では近代的な本社ビルを始め、工場設備やアミクスの歴史をまとめた資料館、更には社員の一部が居住する『アミキティア地区』までもが併設されている。

「特別開発室の所属技術者は十五人」エチカは歩きながら指を折り、「中でも、このアミキティア地区に住んでいる三人は被害に遭っていないんだったね」

「遭いようがないのでしょう」ハロルドが周囲に視線を巡らす。「ご覧の通り、セキュリティが行き届いていますから」

　地区に入るには、複数のセキュリティゲートをくぐらなければならない。その際、住民は生体認証、外部の人間は必ずパーソナルデータの提出を要求される。加えて、地区内には複数の監視ドローンが巡回しており、鼠(ねずみ)の一匹も見逃すまいと言わんばかりだ——ここで暮らすことができるのは基本的に、幹部や抜きん出て優秀な技術者だけだという。機密情報と才能を守るためなら、投資は惜しまないというノワエ社の姿勢が垣間見(かいまみ)える。

「マーヴィンの捜索活動について、トトキ課長から何か報告はありましたか？」

「今のところ成果は挙がっていないそうだ。各国の修理工場の記録まで、事細かに調べているらしいけれど……相変わらず手がかりが見つからない」

結局、機憶で見たあのRFモデルが何者なのかは、未だに分からないままだった。

エチカとハロルドは、アミキティア地区の一角——ずらりと建ち並んだ端正な煉瓦造りのテラスハウスを訪れた。ここの一室が、レクシー・ウィロウ・カーター博士の自宅だ。玄関扉は、灰色がかった緑に塗り上げられ、脇に掲げられた番号とポストもぴかぴかに磨かれていた。

エチカは迷わず、ドアベルを押し込む。

「電索官は、先日の会議で博士とお会いしたのでしたね」

「ホロモデルとね。直接会うのはこれが初めてだ」

ハロルドは意味ありげに微笑み、「あなたに少しだけ似ていらっしゃいます」

「…………どこが？」

玄関扉が開いたのは、ややあってからのことだ。レクシーは、如何にも眠たげな顔を覗かせ——こちらの姿を認めるなり、さっさとドアを閉めようとするのである。

「待って下さい博士」ハロルドが、すかさずドアノブを摑んで阻止した。「事前にご連絡を差し上げたはずです、捜査にご協力いただけるとうかがいましたが？」

「いや知らない知らない」その髪は、ホロモデルで見た時よりもずっと跳ね散らかしていた。つまりは寝癖だらけだった。「多分自動返信機能だ、取り込んでいる時は勝手に返事をするようにできていて……」

「なるほど。どうりで素っ気ない文面だと思いました」

「明らかに設定をミスしたよ」彼女は欠伸を嚙み殺したようだ。「今、猛烈に後悔してる。こんなことなら、チョビヒゲの言う通り君を機能停止にすりゃよかった」

チョビヒゲ——まさか、トールボット委員長のことか？

「ジョークだと受け止めておきますよ」ハロルドは呆れ顔だ。「もう午後二時です。休日とはいえ、あまりにだらしがないのは考え物ですね」

「うるさいなぁ、君は私のお母さんか？」

似ているとはこういうことか。エチカは二人のやりとりを聞きながら、耳が痛いのを我慢した——自分も、休みの日はだらだらしたい、と考えている。それこそできれば一日中、ベッドでごろごろしていたい。

「せめて電索官を見習って、その寝癖だけでもどうにかなさって下さい」ハロルドは大真面目にエチカを一瞥して、「彼女も博士に負けず劣らずの寝坊助ですが、髪だけはきちんと整えていますよ。たまに涎の跡が残ったままになっていますが」

「だから涎なんか垂らしてないって何回言ったら分かる？」

「今のはアミクス・ジョークです」

「やあどうもヒエダ電索官」レクシーはぞんざいにエチカの手を取り、一方的に握手する。思いのほか、滑らかな感触だった。「会議での君の活躍を思い出すと、今でも胸が痛いよ。こんなに若くて可愛い子が、腹黒アミクスのために必死になるなんて」

　エチカは一瞬、固まる――腹黒アミクスだって？　博士は彼の本性を知っているのか？

「その、ルークラフト補助官は電子犯罪捜査局に必要不可欠ですから……」

「ところで博士」ハロルドが口を挟んでくる。「香水の趣味が変わりましたね。最近、何か思い悩むようなことでも？」

「うわぁ出たよ。私が嫌がるって分かってて言ってるだろそれ」

「目には目を、という古い格言があります」

「冗談も通じないのか、この顔だけ紳士」

　まあいいや上がりなよ、とレクシーはぶつぶつ言いながら奥に引っ込んだ。扉は鍵が不要な掌紋認証システムで、古びた外観に見合わずセキュリティは最新だ。颯爽と入っていくハロルドを追いかけながら、エチカは何となくげんなりする――さっさと必要な聞き込みだけを終わらせて帰りたいが、先が思いやられた。

　シッティングルームは小綺麗に片付いていた。ソファのクッションはきちんと整えられ、飾り棚と化した暖炉にも埃は一切溜まっていない。レクシーの風貌からして散らかった雰囲気を想像していたのだが――などと思っていたら、

「ようこそお越し下さいました」

一般家庭に普及している、量産型の家政アミクスが出迎えてくれた。コーカソイドの男性を模した外見で、浮かべた微笑はいかにも機械的だ――なるほど、彼がこの家を清潔に保っているわけか。

「リブ」と、レクシーがアミクスに話しかける。「二人にお茶を入れてあげて」

「かしこまりました、レクシー博士」

アミクス――リブは、そそくさと姿を消す。

「彼の紅茶はうまいよ、何たってオーウェルの黄金律をしつこく読ませたんだから」

「黄金律はともかく、肋骨という名前を聞く度に戦慄しますよ」ハロルドは大仰に腕をさすってみせる。「私はあなたでなく、亡き女王陛下が名付け親で本当によかった」

「私に言わせれば、君らの名前は全部仰々しすぎるけれどね。ミドルネームとか要る?」

エチカは二人の応酬を聞きながら、暖炉に飾られたインテリアを眺める。ラベンダーのリードディフューザーや、グロスター大聖堂のブックマーク、それから蓋が開いたキーケース。二本の鍵がぶら下がっていた――こだわりを持って装飾しているというよりかは、必要なものを適当に並べただけという印象を受ける。

「それで」と、レクシーが頰を搔く。「犯人が使っていたナイフに、エルフィンストンの盾章が彫り込まれてたって?」

「はい」ハロルドが頷く。「恐らく、カレッジ側が提供しているものと推測していますが、お心当たりはありませんか？」

「ナイフねぇ……」レクシーはしばし宙を睨（にら）んでいたが、やがてぱちんと指を鳴らした。「もしかしたらあれかな」

彼女は足早に、シッティングルームを出ていく。エチカとハロルドは、どちらからともなくレクシーに続いた——ダイニングルームとキッチン、更にはコンサバトリーを通り抜け、裏手の庭へと辿り着く。

「確かここにしまったと思うんだよねぇ。ガラクタを家の中に置いておきたくなくてさ」

庭は手狭だったが、芝はよく刈り込まれていた。通り雨の多いロンドンにしては珍しく、洗濯物を外に干している。優雅にはためく服たちは色移りを起こしたのか、黒っぽくくすんでいて——レクシーは、片隅に置かれたガーデンシェッドを開けたところだった。ちょこんとした三角屋根が可愛（かわい）らしい、比較的小さなタイプのそれだ。中には、芝刈り機などがぎゅうぎゅう詰めになっている。

「ああほらあったあった、捨てていなくてよかったよ」

彼女が取り出したのは、長方形の箱だった。白をベースに、黒と青のラインで彩られている——エチカはぴんときた。確か、エルフィンストン・カレッジのスカーフカラーだ。

「卒業記念品だよ。一回中身を見て、あとは放っておいたんだ」

レクシーは言いながら蓋を開ける——現れたのは、綺麗（きれい）に折りたたまれたフォールディングナイフだった。降り注ぐ弱い日差しが、ケンブリッジブルーのグリップを丁寧に撫でている。彫り込まれている意匠は、林檎と肋骨のモチーフ。

ダリヤの機憶で見たもの、そのままだ。

エチカは訊ねた。「卒業記念品は、毎年同じ物を？」

「そうだね、特に変わりはなかったと思う」

これでひとまず、犯人の凶器の出所は確定したことになる――だが、ここからどのようにRFモデルへと行き着くのかが問題だ。

「補助官。あのRFモデルは、どうやってこのナイフを手にしたと思う？」エチカは自然と、眉根を寄せてしまう。「単純に考えれば、卒業生と繋がりがあることになるだろうけれど、入手する方法は他にもある。盗み出すとか、拾うとか、もしくはアプリで出品されているものを購入するとか……」

「拾った可能性は極めて低いかと」とハロルド。「イングランドではナイフを購入する際、パーソナルデータの提示を要求されます。足がつくことを恐れる犯人が、証明の要らない卒業記念品を利用しようと考えるのは自然な心理です。偶然拾ったとは考えられません」

「つまりカレッジの卒業生と盗難案件、ウェブ上の取引を総ざらいしなきゃいけないわけか」

エチカは気が遠くなる。だが、やるしかない。現状、他に手がかりはないのだし、何より事件の解決は一刻を争う。

「例のRFモデルにはほくろがないんだったっけ？」レクシーはナイフを矯めつ眇めつしながら、「だとしても十中八九、マーヴィンだろうね。何せエルフィンストンは、人工知能研究者のためのカレッジだ」

エルフィンストン・カレッジは一九九〇年代半ばに開校した、ケンブリッジ大学の最も新しいカレッジである――九二年のパンデミック以降、人工知能やロボット工学分野の需要が、爆発的に拡大した。時風を読んだ大学は、優秀な研究者や技術者の卵を育成する目的で、もともとあったカレッジの建物を再利用してエルフィンストンを新設したのだ。十三世紀より連綿と続く由緒正しい校風を守りながらも、新天地に踏み出した。

「だから卒業生の誰かが、何らかの形でマーヴィンを見つけ出し、彼に改造を加えた。その上で、自分が持っていたナイフを渡して襲わせた……簡単に考えればこうじゃない？」

「仮にそうだとしても、特別開発室の技術者を見分けられた理由は？　動機も判然としません」ハロルドは悩ましげだ。「何より、我々のシステムコードは複雑です。エルフィンストンの卒業生とはいえ、博士と同等に優れた技術者がそうそういるとは思えませんが」

「あとはそうだねぇ、設備が整った環境を持っているのは間違いないだろうな。うん」レクシーは彼の話を聞いていない。「ちょっとしたバグを起こすだけならタブレット端末でも済ませられるけれど、システムコードを解析したり改造するとなるとそうはいかないからね。必ず、専用のメンテナンスポッドが必要になる。そういうことか、だったらさ」

「博士。お一人で会話をなさらないで下さい」

「ああごめん」彼女は我に返ったようで、「……何だっけ、動機？　それはあれじゃない、やっぱり私に恨みでもあるんじゃない？」

レクシーの人となりは顰蹙を買いやすい。会議の際、トールボット委員長がそう話していた。生来そうした性格なら、学生時代から敵は多かったことだろう——犯人が敢えて、博士が開発したRFモデルのマーヴィンを犯行に使ったのだとすれば、彼女の名誉を傷付けることが狙いとも考えられる。ならば、卒業生を優先的に調べるべきか。

「つまりほくろを隠したのは、スティーブか補助官に濡れ衣を着せるため？」

「そう考えて間違いないかと」言いながらも、ハロルドは腑に落ちていない様子だ。「ただ一点疑問なのが、何故偽のほくろを書かなかったのかということです。マーヴィンは私とスティーブをよく知っているのですから、そうできない理由がありません」

「マーヴィンも彼を改造した犯人も、君らの稼働状態を知らなかったんじゃないかな」と博士。

「どちらか一方に限定できるような見方をさせたくなかったとか」

尤もらしい説明だ。「確かにマーヴィンはダリヤさんを襲った時、補助官が生きていることを知って驚いていましたが……」

「皆さん」

エチカたちは、揃って顔を上げる――リブが、コンサバトリーから身を乗り出していた。

「お茶のご用意ができました。こちらにお持ちしますか？」

『ひとまず、世界中の海から北大西洋くらいには捜索範囲を絞れたというわけね』音声通話のトトキは、ため息を堪えきれないようだった。『分かったわ。カレッジの卒業生を優先しながら、ウェブの取引記録まで洗いざらい調べてみる。時間がかかるだろうけれど辛抱して』

「よろしくお願いします、課長」

エチカはユア・フォルマの通話を終了する。少しばかり、明かりが見えてきたと思いたい――振り向くと、レクシーがコンサバトリーの椅子に腰を下ろしたところだった。紅茶はまだ並んでおらず、テーブルは空っぽだ。

「リブ、ヒエダ電索官と私の分をここに。ハロルドは客間で、彼とお茶をしておいで」

エチカは、すぐに状況を呑み込めなかった。「え？」

「私だけ仲間外れとは感心しませんね」ハロルドは珍しく不満げだ。「ヒエダ電索官に何を吹き込むおつもりです？」

「そりゃあ、君が恥ずかしがるようなことだよ」レクシーは椅子の背に腕をかけて、にやりと笑った。「どうしようかなぁ。何をばらしちゃおうかな？　楽しみにしておくといい」

「私がここに残りたいと言ったら？」

「意地でも閉め出す」

「でしょうね」彼は諦めたようだった。

「電索官、博士の言うことを真に受けないで下さい」

「いや、ちょっと」

戸惑うエチカをよそに、ハロルドはリブとともに家の中へ姿を消してしまう——どういうことだ。何でいきなり、博士と二人きりにならなきゃいけない？

ただですら、勤務外でのコミュニケーションは不得手だというのに。

どこかで、空しいほど麗らかに鳥が囀る。取り残されたエチカは、ぎこちなくレクシーを見やって——彼女は、上機嫌な笑みを浮かべていた。綺麗な犬歯が、薄い唇の隙間から覗いている。

「この間の会議では、ゆっくり話もできなかったからね。折角だしお喋りしようじゃない」座って、と向かいの席を示す。「電索官、君のことはハロルドから色々と聞いているよ。興味深いとは思っていたけれど、期待通りだ」

「はあ……」興味深いとは？

「機械が嫌いなんだって？　大変だねぇ、あんなアミクスがパートナーで」

何を勝手に教えているんだ、あいつは——エチカはいたたまれない気分で、勧められた椅子に渋々座る。「機械嫌いはその、以前の話です。今は克服しましたので」

「じゃあ好きになったんだ」

「いや、好きというほどでも」

「なら、ハロルドのことは好き？」

「……………………どういう意味ですか？」

「目に殺意がこもってるけれど、大丈夫？」

しまった、つい。

エチカが慌てて瞼を撫で付けていると、リブが紅茶を運んできてくれる。彼は慣れた手つきでポットを傾け、中身を注いだ。繊細な装飾が施された白いカップが、柔らかい赤橙に満たされていく。ミルクが注ぎ足されると、ふんわりと濁った——いい香りだ。

手際よく、スコーンとジャム、クロテッドクリームが載った小皿も並べられる。ふと、リブの右手の親指が目に付く。インクの染みにも似た蝶のタトゥーが、ぽつんと落ちていた。

「ごゆっくりどうぞ」

彼は丁寧な微笑みを残して、去っていく。

途端に、居心地の悪い空気がどこからともなく這い出てきて。

「うーんそうだなぁ」レクシーは頬杖をついたまま、「ハロルドの恥ずかしい話、知りたい？」

うっかり聞いたら、聞いたことさえ見透かされてぐちぐち言われそうである。

「その」エチカはぎこちなくカップを摑む。話題を逸らそう。「どうして、わたしと二人きりで話を？」

「興味のあるものはとことん突き詰めておかないと」

「はあ」何故ここまで関心を持たれているのか分からない。「と言いますと？」

「電索官。君はハロルドが性悪だって知っているらしいね」

エチカはぎくりとしたが、彼女はお構いなしだ。クロテッドクリームの小皿を引き寄せると、スプーンですくって口に運び始める。それはスコーンにつけて食べるためのものでは、と思ったが指摘できない。

「ルークラフト補助官は……、従順なアミクスだと理解していますが」

「隠さなくてもいいよ。私も知っている」

「そう、ですか」エチカは無理矢理、カップに口を付けた。彼女はRFモデルの生みの親なのだから、確かに知らないほうがおかしいか。「何で彼を、あんな性格設定に？」

「君、意外と失礼なことを平気で訊くね？」

「すみません」しまった。またやった。「あの今のはそういうつもりでは」

「冗談。回りくどいよりずっといい」レクシーは唇を吊り上げてみせた。「信じられないかも知れないけれど、ハロルドは出来立ての時は本当にいい子だったんだよ。なのに、いつの間にかあんな風になっちゃってさ……面白いよねぇRFモデルって。作った人間は、多分天才なんだろうね」

エチカはついレクシーの顔をまじまじと見たが、彼女は茶化すこともなく大真面目だ――息をするように、自分を褒め称える癖があるらしい。どうしよう、聞き流してもいいかな。

「アミクスには元々の性格設定があるはずですよね。観察眼はともかく、彼は始めからあの性格だとばかり……」

「残念ながら違う」レクシーは子供のようにスプーンを舐めて、「まあベースは残っているけれどね。王室に出すっていうから、アクセントをお上品にしろとかそういうのはしつこく注文されたし。でも、性格は変わった。何て言うか、成長したよ」

「……成長？」

違和感のある言い回しだ——思えば、幼い頃一緒に暮らしたアミクスのスミカにも、性格設定はあった。『穏やかで理性的』というような、非常に大まかなものだが——通常、そうした設定が自動的に変化することは起こり得ない。

「まあそのあたりが、腐っても次世代型汎用人工知能ってことかな」

レクシーは早くもクリームの皿を空っぽにしていて、紅茶に手を伸ばす——エチカが思い起こしたのは、いつぞや、ダリヤと交わしたやりとりだ。

『RFモデルは、普通のアミクスよりもずっと賢いそうなんです——人間らしいと思いませんか？　個性があるというか——そういうのも全部、最新技術のお陰なんですって』

あの話を聞かされた時、自分はどうも腑に落ちなかった。今現在公表されている人工知能テクノロジーの範囲で、彼ほど個性豊かなアミクスを作れるものだろうか、と。

だからそのままに訊ねると、レクシーは「ああ」と思い至ったようにカップを置く。

「別にさ、人間らしさを突き詰めるだけなら特別な技術なんて要らないんだ。簡単にできるよ。まあ『簡単』って言ったら、大抵の同業者は怒り出すんだけれど」だろうな。「要はアミクスと会話する時に、『人間と話しているみたいだ』と感じられればそれでいい。気持ちが通じている、共感してくれている……それでいてちょっと何かが秀でていて、しかも自分の意見があるように見せかけられれば、十分に個性的で人間らしく見える。そのあたりは普通のアミクスを作るのと、何も変わらない」

図らずも、『中国語の部屋』の話が脳裏を掠めた。

「つまり」エチカは一瞬、言い渋ってしまう。「アミクスは……思考をしているように見せかけているだけということですか？」

「アンガスから何か吹き込まれた？」レクシーは鼻で笑ってみせる。「皆、あの思考実験が大好きなんだよね。RFモデルさえも、量産型のアミクスとおんなじにしたがる。そのせいか、特別開発室の全員がハロルドの本性を見抜けずにいて……え？　無理もないよ。皆、RFモデルの開発チームにはいなかったんだから」

彼女は先ほど同様、一人でやりとりを重ねて——テーブルマナーが無作法なところからしても、妙なこだわりがあることは察せられる。独白のような変わった言い回しも、レクシー自身の癖の一つと思われた。

「確かに通常のアミクスの思考は、その通り見せかけのハリボテだ。でもRFモデルは次世代型汎用人工知能だよ。私は彼らをもっと賢く書いた、ハロルドたちは確かに思考している」

エチカは、わけもなくほっとしてしまう――どうしてだろう？　ハロルドの思考がプログラムに依るものだと分かっていてなお、それが単純化された『記号』であって欲しくない、と願っている。

かつてのことを思えば、我ながら大した進歩だった。

「ただ、アンガスたちは信じていないけれどね。実際思考しているとは言っても、我々の思考プロセスとは大分違う」

エチカは眉を寄せる。「どう違うんですか？」

「分からない」レクシーは肩を竦めた。分からない？「もちろん、論理的な説明はつくよ。ただ具体的に彼らが何をどう考えて、その答えを弾き出したのか、私たちには決して分からない」

「……ブラックボックス問題？」

「そう。昔から私たちを悩ませてきた概念だ」

これに関しては、授業でも取り上げられる有名な話なので、エチカにも若干の知識がある。

ブラックボックス問題――人工知能に機械学習の概念が登場した頃から、たびたび提起されてきた。そもそも機械学習において、ＡＩは大量のサンプルデータによって学びを重ね、物事の判断基準を獲得する。その結果、最適な『答え』が導き出されるという仕組みだ。だが、肝心の基準がどのようなプロセスで構築されているのかを、人間側が知ることはできない。

たとえばリブがレクシーに対して、「今日の夕食はエスニック料理にしようと思います」と提案したとする。彼が何故その提案をしたのか、聞けば教えてくれるかも知れないが、具体的な思考プロセスを直接覗き見ることは一切叶わない……ということだ。

そうしたＡＩの観測不可能な部分を、『ブラックボックス』と呼ぶ。

「ブラックボックス問題は当然、全ての汎用人工知能にもつきまとう」レクシーは眼鏡を押し上げて、「ＲＦモデルに関して言えば、量産型アミクスよりもブラックボックスの範囲が広い。そこが彼らの個性や成長の鍵でもあるというわけだ」

ふと、ひらひらと蝶が迷い込んできた。冴えない褐色のそれは、おろおろと舞った末に、皿の上のスコーンに留まる――静止して初めて、はっきりと翅の裏側が見て取れた。鮮やかな緑だ。

ユア・フォルマが解析――〈環境演出用ロボット・ミドリコツバメ〉

エチカが何となしに見入ったら、

「ハロルドが怖くないの？」

レクシーが手を伸ばして、蝶を指に乗せた。

「……え？」怖い？

「君はあれの本性を知っているんだよね。不気味じゃない？」

彼女がふうっと息を吹くと、蝶はよろよろと飛び立つ——不気味だなんて、考えたこともなかった。確かに、窺い知れない部分は沢山ある。けれど。

『あなたのほうこそ、もっと、自分を大事にして欲しい』

彼のかたちがどうあれ、これだけは事実だ。

「——わたしは、背中を押してもらいました」

エチカの鼻先を、蝶が頼りない羽ばたきで横切る。そうして、ようやく出口を見つけたかのように、ためらうことなくコンサバトリーを出ていった。

「そっか」レクシーの頬は、陽の光が不似合いなほど青白い。「まあ……そう思えているのなら、よかった」

——どういう意味だ？

問い返そうとしたが、彼女が未だに蝶を目で追っているので、何となく訊ねられなかった。

一切のやりとりが、沈むように途切れてしまう。

のしかかってくる沈黙を押し上げようと、エチカは紅茶をもう一口含んだ。話を変えるべきかも知れない。鈍い勘が、そう告げてくる。

「その……事件の犯人は、本当にマーヴィンだと思いますか？」

「スティーブは機能停止中だし、ハロルドのアリバイは君が証明している」

「もちろんそうですが……」

エチカは下唇を噛む。自分自身、レクシーと全く同じ推測しか浮かんでこない——だがマーヴィンが犯人ならば、また別の問題が浮上するのは明白だ。

「彼は改造されているかも知れないと、仰っていましたよね」

「そうだね、だって私はあれらを欠陥品として作ったわけじゃない。誰かが余計なことをしない限り、暴走なんて有り得ない」彼女の手が、カップを取り上げる。「まあ……倫理委員会がそれを信じるかどうかは、また別の話だけれどね」

要するに事件の転がり方によっては、トールボット率いる国際AI倫理委員会が、再び「RFモデルを機能停止にしろ」と喚き出す可能性も十分に残されている、ということだ。

エチカはぞっとしない。

もしそうなったら、ハロルドはどうなる？

「とはいえ、私はあんまり心配していないよ。だってさ」

レクシーの跳ね散らかした髪が、午後の柔らかい風に揺れている。ぼんやりと流れる切れ長の瞳は、これほど明るい庭の中にあっても、全てを寄せつけない漆黒をたたえていて。

「仮にそうなったとしても、もう一度君が彼を守ってくれるだろう？　電索官」

エチカは口を開こうとし、

遮るように、ユア・フォルマが着信を告げる——またしても、トトキからだ。

　シッティングルームのソファに腰を下ろしたリブは、先ほどから一言も喋らない。そもそもアミクス同士の会話は、『人間らしさ』を表すためのポーズに過ぎない。己を観測する人間がここにいない今、そのように振る舞う必要さえないというわけだ——悲しきかな、彼らには会話を通じてコミュニケーションを楽しむという喜びも、存在していない。

　ハロルドはリブが用意した紅茶に手をつけないまま、室内をゆっくりと歩き回る——インテリアから絨毯の模様まで、他人が見れば呆れるほどじっくりと観察していく。無論、半分はただの癖だ。ひとまず部屋の状態を通じて、最近の博士が些かフラストレーションを抱えていることは把握した。

　こうして強引に自分を遠ざけたのも、それらを見透かされて指摘されるのを避けたかったからだろうか？

「リブ」

　ハロルドが呼びかけると、家政アミクスはようやっと首を傾げる。「はい、ハロルド？」

「襲撃事件が起きてからの、博士の様子について訊きたい」

「特に大きな変化はありません、博士はお元気です。今朝から独り言が少し多いです。事件によるフラストレーションを感じていらっしゃるのでしょう」リブは淀みなくすらすらと答え、「また、博士は気分を和らげるために、毎週末を別宅でお過ごしになるのですが——」

「別宅？」知らなかった。だが彼女はああ見えて資産を持っているし、手狭なテラスハウスで満足できないのも納得できる。「どこにあるんだ？」

「私も存じません。自分一人がくつろげる秘密の場所で、楽しくドライブするのだそうです。毎週末を別宅でお過ごしになるのですが」リブは先ほどと同じ文言を繰り返し、「事件が起こるようになったので、なるべく外出を控えるべきだと申し上げました。博士はお聞きになりません。一日だけならいいでしょうと、昨日もお出かけになりました」

「君は、博士が事件に巻き込まれることを心配しているわけか」

「はい、とても心配しています」

「その受け答えは人間らしくて素晴らしいよ、リブ」

実際、レクシーとて襲撃の対象になり得るのだ。多少窮屈だとしても、アミキティア地区と本社以外を一人で行き来するべきではない。

機憶の中で垣間見た、ＲＦモデルを思い起こす。

ダリヤを襲ったあの顔を——あれは果たして、懐かしい不出来な弟だったのだろうか。

まだ、そこにいるのか？

「ルークラフト補助官！」

見れば、シッティングルームの入り口にエチカが立っていた。彼女はコンサバトリーから半ば走ってきたらしく、瞳孔がはっきりと開いていて——ああこれは恐らく、よくない知らせだ。

ハロルドの直感は、当然のように的中する。

「今、トトキ課長から連絡があった。……マーヴィンの死体が、見つかったそうだ」

2

マーヴィンは、ロンドン近郊のグレーブセンド——テムズ川のほとりで発見された。

エチカたちがレクシー博士とともに現場へ駆けつけた時、辺りには既に数台の警察車両が停まり、地元警察官や電子犯罪捜査局ロンドン支局の捜査官らが行き交っていた。立ち入りを制限するホロテープの前に、警備アミクスが立っている。

「お疲れ様です、身分証のご提示を」

「ペテルブルク支局のヒエダ電索官と、ルークラフト補助官だ。彼女はカーター博士」

「どうぞお通り下さい」

エチカたちは真っ直ぐに、河岸へと向かう——ロンドン市内と打って変わり、目の前に横たわるテムズ川はぞっとするほど広大だ。河口が近づけば、装いが変わってしまうのも無理はない。突き出した桟橋のたもとに、ジャンパを着た地元警察官と、先んじていたノワエ・ロボティクス社のアンガス副室長が屈み込んでいる。

エチカが橋の上から声をかけると、二人は面を上げた。アンガスは見るからに蒼白だ。

「電索官。ハロルドに、博士も……」

レクシーが問う。「マーヴィンはどこにいる？」

「ここです、丁度橋桁のところに」

彼女が真っ先に、桟橋から降りた。エチカとハロルドも続く。

直後、飛び込んできた光景に、全身がこわばった。

橋桁の下。水辺からほんのわずかに離れた、砂地が剝き出しの暗がり——それは、ばらばらだった。横たわる胴体には四肢がない。千切れた腕が一本、近くに放り出されている。中途半端に開かれた指が、空を引っ搔くようにして止まったまま。二本の脚はそれぞれ、適当に転がされていて。

頭部は、どこにも見当たらなかった。

ひどい。エチカは反射的にこみ上げる吐き気を、何とか呑み込む——落ち着け、これはアミクスだ。人間じゃない。だがパーツを見るだけで、脳が自動的に人のそれだと認識しようとする。電索での経験を通じて、凄惨な光景には多少なりとも耐性があるつもりだったのだが。

「何でマーヴィンだと分かった？」レクシーはやはりというべきか、動じていなかった。「シリアルナンバーを確かめたということかな」

「そうです」答える警察官はしかめ面だ。「アンガス副室長曰く、間違いはないとのことですが」

「私も見たい。構わない？」

「ああすみませんが、手袋を」

博士は警察官から手袋を受け取ると、躊躇なく亡骸に近づいていく。彼女は先ほどアンガスたちがそうしていたように腰を落とし、手や足を触って確かめたあと、胴体を調べた。マーヴィンは、衣服を身につけておらず、完全な裸体だ。そのことが、異様な光景に拍車をかけているようにも思える。

エチカはどうにか、ハロルドを見やった――彼は、わずかも顔色を変えていない。空恐ろしいほどの冷静さで、じっと、兄弟の死体を凝視している。

「補助官」何とか声をかける。「きみは橋の上で待っていたほうがいい」

「平気です。二度目ですので」

エチカは喉をぎゅっと押し潰された気がした。そうだ、彼は以前にも惨殺死体を目の当たりにしている。それもアミクスではなく、人間の――ソゾン刑事の。

それは平気と言えるのか？

アミクスの感情制御を以てすれば、痛みさえも感じないと？

「なるほど」レクシーは胴体の左胸を目視してから、おもむろに顔を上げた。「残念だけれど……マーヴィンで間違いないね。シリアルナンバーが一致しているし、皮膚のシリコン素材もRFモデル専用の特注品だ」

「さっきも検分しました」アンガスが耐えきれなくなったように言う。「もう十分です博士」

「ああごめんよ。いや私も信じられなくて……可哀想に……」

「――あれの死体はいつからここに？」ハロルドが淡々と開口する。あまりにも冷徹な、機械のような態度だった。「風雨に晒された際の劣化がほとんど見られませんが」

「ああ……」警察官は戸惑いを隠さず、「推測だが、一日は経っていないはずだ」

「なるほど。断面が綺麗に整っていることからしても、鋭利なもので切断されています。それの死には事件性があると判断――」

「もういい」

エチカは思わず遮っていた――ハロルドの袖を掴む。彼がこちらを見たのが分かったが、放せなかった。これ以上はやめてくれ。言い表しがたいものが胸を突き刺していて、だが、上手く言葉に換えられなくて。

川の重たいせせらぎを残して、沈黙が落ちる。

「その」口を開いたのは、アンガスだった。「ハロルド、君は一旦ここを離れてくれ。警察の人たちがマーヴィンを運び出すそうだから……詳しくはそれから調べてもらおう」

「……分かりました」

ハロルドは何を思ったか、やんわりとエチカの手をほどいて、きびすを返す――橋の上へと戻っていく彼を見送り、わけもなく肩の力を抜いてしまった。

これ以上、彼にこの光景を見せるべきではない。

レクシー博士が、警察官に問うている。「それであれの言った通り、事件性があるの？」

「まず間違いなく。遺体は第三者によって切断されていますし、不足したパーツは川に流れたものと思われますので、今後捜索を……何れにしても、これはアミクスの虐待に当たる。機械保護法違反として捜査します」

「頭が見つかったら教えてくれる？　メモリを解析すれば、犯人が分かるかも知れない」

「いや同じように切断されて水没していたら、もう駄目でしょう。むしろ犯人はそれを狙ったんじゃないんですか」とアンガス。「ああしかし、何でよりにもよってこのタイミングで……最悪にもほどがある」

全くその通りだった――RFモデル関係者襲撃事件が起こり、実行犯をマーヴィンへと絞り込もうとしていた矢先に、彼の死体が上がったのである。まるで、嘲笑われているような気さえする展開だ。

警察官の見立てが正確ならば、マーヴィンの亡骸は一日以内に投棄された。

RFモデル関係者襲撃事件が発生したのは、ここ一週間。そして、最新の被害者であるダリヤが襲われたのが、丁度一日前だ。仮に、マーヴィンがダリヤを襲った後で何らかの事件に巻き込まれ、死体を遺棄されたとして――あまりにも都合がいい考え方のように思われた。かなり無理がある。

エチカは知らず知らずのうちに、目許を覆う——だったら、例のRFモデルは一体何だ？

マーヴィンでも、スティーブでも、もちろんハロルドでもないのなら。

あれは、何なんだ？

〈ウイ・トトキから音声電話〉

ユア・フォルマのウィンドウが、閉ざした視界にポップアップ——全く、この縫い糸は目を瞑ることすら許してくれない。エチカは億劫な気分で、通話を選択する。

『ヒエダ』トトキの声音は、どこか疲れていた。『もう現場には着いた？』

「たった今、確認しました。……マーヴィンで間違いないそうです」

『そう』わずかに、息を整えるような間があって。『追い打ちをかけるようで申し訳ないけれど、残念な知らせがあるの』

「……はい」

『マーヴィンの遺体が見つかった以上、事件に関わることのできるRFモデルはいよいよ限られる。ごめんなさい……どうにかしたかったのだけれど』

エチカはもう、返事をする気力もない。

『国際AI倫理委員会から要請があったわ——私たち電子犯罪捜査局は明日の朝、ルークラフト補助官に出頭を求めます』

「分かりました。では明日の朝、ロンドン支局に出頭します」

話を聞かされたハロルドの第一声が、それだった。彼は相変わらず落ち着き払っていて、いっそエチカのほうがもどかしさのあまり声を上げたくなるほどだ。

あれから現場には鑑識が到着し、分析蟻（ミール・ロボット）が活動を始めるとともに、マーヴィンの亡骸（なきがら）は丁寧に回収されていった――この事件は地元警察の管轄下に当たる。電子犯罪捜査局の出番はなく、エチカとハロルドは引き揚げることにした。

「私も一度タクシーで本社に戻るよ、連絡があったから」レクシーは慌ただしく言い、「アンガス、君は残って。マーヴィンについて警察が色々と知りたいらしい」

「分かりました」

レクシーやアンガスとは、そこで別れた。エチカたちはシェアカーに乗り込み、グレーブセンドを離れる――いつの間にかすっかり日が暮れて、ウィンドウ越しのテムズ川は、黒い魔物のように冷たく波打っていた。

誰がマーヴィンの死体を放置したのかなど、考えるべきことは幾らでもある。

だが――エチカは枯れそうな息を吐く代わりに、助手席のシートに体を押しつけた。

「……本当に出頭するつもり？」

ハロルドはステアリングを握ったまま、平然としている。「出頭要請自体は任意ですが、拒否すればますます疑いを強めるだけです。遅かれ早かれ、出向かなければなりません」

「だとしても、きみは犯人じゃない。もちろん課長も理解しているから、きみを無理矢理犯罪者に仕立て上げるような真似はしないだろうけれど……ただ……」

あの冷血なトールボット委員長がどう出るか——最悪、『RFモデルを機能停止にしろ』という一言で全てを片付けるかも知れない。思考放棄もいいところだが、先日の会議を見るに、あの男ならばやりかねなかった。

「心配して下さっているのですね？」ハロルドは柔らかく微笑んでいる。「マーヴィンの死体を見た時も、気遣って下さったでしょう。ありがとうございます」

「あれは、別に」

「あなたの、冷たそうに見えてお優しいところが好きです」

「……褒めてるのか貶してるのか分からない」

エチカは、ウィンドウに頭をもたせかける——聞きたいのはそんな言葉じゃない、と思う。彼が、不安を感じていないはずがないのだ。兄弟を殺されて、自分が逮捕されるかも知れないのに、平静でいられるわけがない。

ダリヤが襲われた際にも、ハロルドはほとんど感情を露わにしなかった。

それは、アミクスとしての性なのだろうか？

もしくは——やはり、エチカがあまりに頼りないからなのか。

「電索官」ハロルドは、変わらず穏やかだった。「このままホテルへお戻りになりますか？」

「そのつもりだけれど……何かあった？」

「あなたさえよければ、夕食をご一緒したいと思いまして」

彼の眼差し（まなざし）は、フロントガラスへと向けられたままだ――凍った湖の瞳が、わずかに細まる。

その仕草は初めて、どこか陰りを帯びて見えて。

「明日からは、しばらくお会いすることも叶わなくなるでしょうから」

エチカはすぐに返事ができなかった――ああほら、やっぱり。

「……死体を見たばかりなのに、食欲が湧くと思う？」軽口のつもりが、突っぱねるような物言いになってしまう。「その、きみが行きたいお店でいい」

「あなたのお好みに合わせますよ。召し上がりたいものは？」

「栄養ゼリー」

「分かりました、やはり私が決めます」

結局、行き先は手軽なパブになった。

ブルームズベリーの寂れた裏通りにあるパブは、かつて実在した公爵の名を店名に掲げていた。入り口が二つ存在するのは、パブではよく見られる光景らしい。昔は労働者階級と中流階級で空間を隔てていたそうで、当時の名残だという。

店内の照明は蜂蜜色で、どことなく眠たげな雰囲気が漂う。カウンターの前には注文待ちの客が行儀よく並んでいて――エチカはテーブルに着いたまま、その光景をぼんやりと眺める。

ドリンクのレモネードが、グラスの中でゆらゆらと光をのせていた。もうまもなく、料理が運ばれてくるはずだ。

向かいのハロルドは、ペールエールのパイントグラスを傾けたところだった。琥珀(こはく)色のそれは当然アルコールだが、アミクスは酔わない。単なるソフトドリンクと同じだ。

だからエチカはつい、訊(たず)ねる。「酔えもしないのにアルコールを飲んで楽しい?」

「ええ。そのうちに酔っ払う機能が実装されれば、更に嬉(うれ)しいのですが」

「勘弁して」どうなるか想像したくもない。

「そういえば」と話す彼の口調は、全くいつも通りで。「レクシー博士から、私の恥ずかしい話をお聞きになったのですか?」

「え? ああ」マーヴィンの一件で、すっかり忘れていた。「……聞いたって言ったら?」

「ちなみに私は、あなたの恥ずかしい過去を幾つか知っていますが、お話ししましょうか」

「当てずっぽうはやめて。幾らきみでも分かるわけがない」

「分かりますよ。学生の時、卒業前のプロムで同級生の……既に人を三人は殺しているような目つきで、私を睨(にら)まないで下さい」

「それ以上続けるのなら、きみが四人目の犠牲者になるけれど?」

「やめておきましょう」

他愛のないやりとりは現実逃避じみていて、どこか息苦しい——エチカは何もかもを押し流すように、レモネードに口を付けた。

例のRFモデルがマーヴィンだという線は潰えたが、ナイフのグリップという手がかりはまだ生きている。ハロルドが出頭したとして、別の筋から犯人が浮上する可能性も十分にあるのだ。時間はかかるだろうが、希望は捨てずにいたほうがいい。

胸の内で自分に言い聞かせていると、接客アミクスが料理を運んできた——シェパーズパイだ。付け合わせの野菜が、やけに鮮やかだった。アミクスはハロルドの前にも同じプレートを配膳すると、丁寧な笑顔を残して去っていく。

そこからは、空っぽの会話を積み重ねながら食事をした。シェパーズパイはマッシュポテトと挽肉が使われており、恐らくおいしいのだろうが味がよく分からない。ドレッシングの酸っぱさだけが、妙に舌にこびりつく——彼に、言うべきことがあるはずだった。だが自分でも、それが何なのか上手く正体を摑めない。気持ちを上手に、言い表せる気がしない。

結局、パイが残り一口になってから、ようやく押し出した。

「……事件はちゃんと、わたしが解決する」

ハロルドは先に食事を終えていて、フォークとナイフを置いたところだった。相も変わらず、彼のテーブルマナーは完璧だ。

「それは頼もしいですね」

「ジョークじゃない。きみの濡れ衣を晴らして、犯人を捕まえる。ダリヤさんのお見舞いにだってちゃんと行く」何となく早口になってしまって、「だから、心配しないで。……不安な時に、そんな風に、無理しなくていい」

わたしだって、これでもきみを支えたいと思っている——本当はそう言いたかったのに、口から出たのはつぎはぎだらけの言葉だった。こんなでは、意味すら伝わらないかも知れない。

ハロルドは何を思ったのか、しばらく押し黙った。店の喧噪がやけに大きく膨れ上がって。エチカは気まずさを誤魔化すつもりで、残りのパイを腹に詰め込む。

ややあって、彼が口を開いた。

「マーヴィンはあまり人間らしくない、不出来な弟でした」

エチカは、グラスを取ろうとしていた手を止めてしまう。

「最後に会ったのは六年も前になりますから、正直思い入れがあるとは言えません。我々の兄弟愛は、あなた方のそれとはまた違いますので」

「……そう」

「ただ——何も、あのように死ななくてもいい」ハロルドの眼差しは、窓の外へと投げられている。車の一台もなかなか通りがからない、物憂げな裏通りへと。「時々恐ろしくなりますよ。人間は、心の中に猛獣を飼うのがとても得意なのではないかと」

彼は間違いなく、マーヴィンの一件にソゾンの事件を重ねていた——ハロルドの長い睫毛は、冷静に乾いている。その奥に、どれほどの激情を押し込めているのだろう？　あるいは、激情を抱くことすらも許されないのだろうか。

分からなくて。

「わたしは」情けないことに、これが精一杯だった。「あんな残酷なことをしたいとは、微塵も思わない」

「ああ……すみません、今のは言葉の綾です。あなたが善良な人だということは分かっています」彼はごく自然な微笑みを見せて、「善良すぎて、時々心配になるほどだ」

「――え？」

「電索官」

ハロルドの手が、グラスに触れられずにいたエチカの手に、やんわりと重なる。即座に引っ込められなかったのは、彼の表情があまりに真摯だったからだ。

「あとのことは、よろしくお願いします」

時刻はあっという間に、午後十時を回ってしまった。

どちらからともなく腰を上げた時、ハロルドがふと、手首のウェアラブル端末を見やる。

「すみません、電話が……先に外で待っていて下さい」

彼はそう言って、店内のテレフォンブースへと歩いていく――相手は、トトキ課長あたりだろうか。明日の出頭について、彼に直接連絡してきたのかも知れない。

エチカは一人、店の外に出た。冷たい風が、油とアルコールの匂いを吹き飛ばしてくれて、気持ちがいい——日が沈んだロンドンは、日中の春めいた陽気とは打って変わり、肌寒さを感じさせる。

手の甲にまだ、ハロルドの指の感触が残っていた。あまりにも重いそれ——奥歯を噛みしめる。ああまたしても、煙草が吸いたい。

解決できるのだろうか。

エチカには、優れた観察眼もない。彼がいなければ電索さえもままならない。

不安になっているのは、結局、自分も同じなのでは。

人通りの絶えた辺りには、息が詰まるような静寂が立ちこめている。

不意に、ユア・フォルマが着信を知らせてきた——〈ウイ・トトキから音声電話〉？　ハロルドに電話をかけたのは、トトキ課長じゃなかったのか？

エチカは戸惑いながら、通話に応じる。「ヒエダです」

『何度も悪いわね』トトキは随分と急いていて、『今、エルフィンストン・カレッジの卒業生を調べていたんだけれど——』

瞬間、背後から回り込んできた手が、口許を押さえつけた。うなじの接続ポートに、デバイスを挿し込まれる感覚。通話がぶつっと途切れて。

＊

テレフォンブースの中から窓を注視していたハロルドは、ふと斜向かいの建物に目がいく。 やや離れているが、視覚デバイスのズーム機能を以てすれば大した距離ではない。二階にレストランが入っていて、食事を楽しむ人々が見て取れる――その中に、あまりにも覚えのある姿が紛れ込んでいた。

静かに衝撃を受ける――何故ここに？

向こうはまだ、ハロルドに気が付いていない。見たところ一人のようだが、まさか偶然というわけではあるまい。尾行されていたとは、まるで意識していなかった。

もう一方に、注意を払いすぎていたせいだ。

目的は一体何だ？　どうしてあの人まで、自分たちを尾け回す必要がある？

思索しながら視線を戻して、

何者かが、エチカに襲いかかっていた。

――しまった、完全に気を取られていた。

ハロルドはすぐに店の外へと飛び出したが、さすがに遅かった。相手はぐったりとしたエチカを、停めてあった車に押し込んだところで。そのまま運転席へ飛び乗り、あっという間に、走り去ってしまう。

「ヒエダ電索官！」

一瞬の誘拐劇。

ハロルドは啞然と立ち尽くす——石畳が丁寧に敷かれた通りはしんと静まりかえり、ぽつぽつと並ぶ街路灯だけが、柔らかく夜空を押し上げている。

まさかここまでしてくるとは、想定外だ。

すぐに端末のホロブラウザを開き、トトキにコール——するよりも先に、彼女のほうから電話がかかってきた。

『ルークラフト補助官、ヒエダの様子がおかしいわ。勝手に通話が切れて——』

「課長、電索官が犯人に誘拐されました」

『……何ですって？』

続けて、去り際にはっきりと読み取れた、車のナンバーを告げる。

3

意識を取り戻してなお、エチカの視野には暗闇がへばりついていた。

目隠しをされているのだ、と理解する。声を出そうとしたが、口に布のような轡を嚙まされていて上手くいかない。もっと言えば、全身が微動だにしない。胴と両足に食い込むロープの感触からして、硬い椅子にくくりつけられているようだ。

冷たい汗がゆっくりと噴き出す――どういうことだ？

何で、こんなことになっている？

真っ白になりそうな頭で、どうにか記憶を手繰る。パブの外に出て、トトキから音声電話を受け取ったことは覚えている。直後、いきなり背後から襲いかかられた。口と鼻を塞がれ、もがくうちに意識を失ったのだ――あとのことは何も分からない。

だが、ひとまずは生きている。

ここはどこだ？

ユア・フォルマを操作してみるが、オフライン環境に置かれていた。タスクバーを確認。原因は、うなじの接続ポートに挿し込まれているデバイスのようだ。

詳細を表示――〈ネットワーク絶縁ユニット〉

機密情報を取り扱う機関内やデジタルデトックスなど、強制的にオフラインの状況を作り出したい時に用いられる、ユア・フォルマ専用デバイスだ。個人が入手できるECサイトの販売物に限っては、安全性の観点から数時間単位でオンラインに復帰するよう作られていたはず。

つまり、時間の経過さえ待てば、自然とトトキたちに位置情報を送れるようになる。

ただ、それまで無事でいられるかはまた別の問題だった。

エチカは何とか目隠しをずらそうと、首を動かす――駄目だ。びくともしない。

ああくそ！

どうにもならない恐怖と苛立ちに、轡を強く噛んだ。

自分を襲ったのは当然、襲撃事件の犯人だろう。それ以外に考えられない。油断していた。エチカ自身とて、RFモデル関係者に含まれるというのに――だが相手は、これまでのようにこちらを暴行するのではなく、誘拐した。目的は何だ？　これからどうなる？

――落ち着け。

ハロルドはきっと、エチカがさらわれたことに気付いている。

トトキたちと協力して、見つけ出してくれるはずだ。

不意に、扉が開く鋭い音。エチカは反射的に肩を震わす。誰だ。ごつごつと、急いたような靴音が近づいてくる。本能が警鐘を鳴らした。来るな――直後、目隠しが引き剝がされる。

「余計なことは喋らないように」

長らく目を塞がれていたせいか、視界が恐ろしくぼやけている。周りがよく見えない――薄暗い。室内か？　照明は落ちているようだ。

「エチカ・ヒエダ電索官」声が、耳許で言った。「これを読め」

ようやく、背後に立つその存在を悟る――ＲＦモデルだ。振り向いて顔を見ることは叶わないが、声がハロルドと同じなので間違いない。

混乱する——一体、何者なんだ？

轡を外されるのと同時に、彼の手が、エチカの眼前にタブレット端末を差し出してきた。暗がりを押しのける光が目を焼いて、ちかちかする。短い英文が綴られているようだ。

「読むんだ」相手が繰り返した。「それ以外のことを話したら……」

ひやりとしたそれが、首筋にあてがわれる——ナイフであることは、確かめなくても分かった。最悪だ。ふざけるな……。

「……ぁ」はじめは、上手く声が出なかった。「『私は、電子犯罪捜査局のエチカ・ヒエダです。私を解放して欲しければ、……ハロルド・ルークラフトの』」

何だこれは——続く文章を見て、エチカは恐怖しながらも困惑を隠せない。

「『私を解放して欲しければ、ハロルド・ルークラフトのシステムコードを解析して下さい。レクシー・ウィロウ・カーター博士は、国際ＡＩ倫理委員会に嘘を吐いている。ＲＦモデルは、本当はとても危険なアミクスです』」

どういうことだ？　何を言っている？

「『もし、夜明けまでにハロルドの解析がおこなわれなかったら、私は』……」勝手に、唇が震える。「『私は、永遠にあなた方のもとには戻らないと考えて下さい』」

——つまり、殺される。

絶句するエチカの前から、タブレット端末が消える。続いて、犯人の声。「聞こえたな？

ヒエダ電索官の命が惜しければ、すぐにハロルドのシステムをカーター博士に解析させるんだ。彼女は必ず誤魔化そうとするだろうから、しっかり見張るように」

午前六時まで待つ、とRFモデルは言った——恐らく電話の相手は、電子犯罪捜査局。あるいは、トトキ課長だろう。

ユア・フォルマの表示時刻は、午前二時。

タイムリミットまで、あと四時間。

犯行がエスカレートしていることは、当然把握していた。だが単に襲いかかるのではなく、人質を取って捜査局を脅す方針へ転換するとは——犯人の狙いは何なんだ？　動揺で回らない脳味噌を、何とか働かせようとする。ハロルドのシステムコードが目当てなら、次世代型汎用人工知能の技術盗用？　だとしたらこれまでの襲撃の理由は？　分からない。何一つ。

そうしている間に、再び轡(くつわ)を嚙(か)まされる——少しずつ目が慣れてきて、部屋の様子が浮かび上がってきた。どこかのフラットのリビングだ。使い込まれたカウチソファとフレキシブルテレビが見える。テーブルの上には、エチカから奪ったと思しき自動拳銃(フランマ15)が転がっていた。窓を一瞥(いちべつ)。調光ガラスにはスモークがかかっていて、外の様子は覗(うかが)えない。

「初めまして、ヒエダ電索官」

犯人が、ゆっくりと視界に入ってくる——その姿は、機憶で見たRFモデルそのものだった。やはりほくろはない。しかしブロンドの髪を含め、目鼻立ちはハロルドに酷似している。

「電子犯罪捜査局は僕の要求に従うそうだ」彼はひどく無表情だ。その手には、例のフォールディングナイフが握られていて。「君は、夜明けには解放されるだろう」

それは文字通りの解放なのか、それとも――エチカは必死で冷静になろうとした。隙を探れ。相手はもう、こちらに目隠しをするつもりはないようだ。とにかく、うなじのデバイスさえ外せれば、位置情報をトトキに知らせることができる……。

「僕は責任を取る」彼が独り言のように呟く。「レクシー、これで君の負けだ……」

レクシー？　博士のことか？

RFモデルはこちらに背を向け、キッチンのほうへと歩いていく。エチカは何となしにその後ろ姿を見て、
目を疑った。

――どういうことだ。

彼のうなじには、接続ポートがある。

しかも自分と同じく、絶縁ユニットが挿し込まれているではないか――アミクスの接続ポートは通常、うなじには作られない。モデルに依ってポートの位置にばらつきはあるものの、人間と区別するために、その点だけは一貫している。

だが、目の前のRFモデルはそうではない。

まさか。

一瞬、呼吸を忘れる。

ひょっとしたら自分たちは、そもそも前提を見誤っていたのでは。

「何か飲むかい、電索官？」

キッチンから、彼が問いかけてくる——先ほどとは打って変わり、どこか遠慮がちな口調だった。その姿だけを取ってみれば、とても人質を脅迫する容疑者とは思えない。

エチカはどうにか頷いてみせた。

考えるのはあとだ——とにかく、この状況を変えなければ。

ややあってから、男は飲み物の入ったカップを手に、エチカのほうへと戻ってきた。中身は紅茶かコーヒーだろうか。ほんのりと湯気が立ち上っている。彼は先ほどのようにこちらの背後に回り、轡を外した。

「少しずつだ。火傷しないように」

そう言って、エチカの口許へとカップを寄せる。

同時に、彼の手も近づいてきて。

——今だ。

思い切り、その手に噛みついた。カップが取り落とされる。驚いた男が腕を引こうとしたが、エチカは懸命に粘った。もみ合ううちに、椅子が大きく傾いて——転倒。痺れるほど全身を打ち付ける。同時に、かつん、と何かが目の前に転がって。

球状のＨＳＢデバイス。

他でもない、うなじから外れた絶縁ユニットだ。

〈接続ネットワークを検索しています……接続完了。オンラインに復帰しました〉

やった……！

エチカは藁にも縋る思いで、ユア・フォルマを操作する。トトキに位置情報を送信して――

直後、首根を思い切り押さえつけられた。息が止まりそうになる。

「そうだった……」男の声が降ってくる。「君がただの女の子じゃないということを、一瞬忘れていたよ」

再度、絶縁ユニットをうなじに挿し込まれる。だが、位置情報は既に送った。あとは時間さえ稼げればこちらのもの――乱暴に、椅子ごと抱え起こされた。彼の、ひどく苛立った瞳と目が合う。しまい込まれていたナイフが、ぱちんと広げられて。

相手が逆上する可能性は当然、考慮している。ただ、夜明けまでは殺されないはずだ。そう考えたからこそ、エチカは行動した――実質、ほとんど賭けに近い。

理性的な思考とは裏腹に、すうっと血の気が引いていく。

「優しくした僕が馬鹿だった」

男はぞっとするほど低く言って、ナイフを握り直す。そうして、エチカの髪を掴んだ。引き毟るような、はっきりとした力で――耐えろ。殺されることはない。とにかく、あと少しだけ踏ん張るんだ。トトキたちが見つけてくれるまで。

だが、いざ近づいてくるナイフを見ると、背筋が凍る。

「頼むから、僕に逆らわないでくれ」

顔めがけて、真っ直ぐに迫ってくる切っ先。ああ早く。エチカは思わず目を瞑る。ひやりとした感触が頰を掠めて、
早く……！


「動くなエイダン・ファーマン！」


ナイフの冷たさが消える。

男が素早く離れるのを感じながら、エチカは茫然とリビングの入り口を見た。銃を構えた警察官たちが詰めかけているではないか。音もなく入ってくるとは——一気に緊張がほどける。冷え切っていた全身が、どっと蒸し返したような熱に包まれて。

——間に合った。

「武器を置けファーマン。両手を頭の後ろに！」「人質を救出しろ」「オールクリア！　ファーマンの他には誰もいません」「電索官、怪我は？」

飛び交うやりとりを聞きながら、エチカは駆けつけた警察官にロープをほどかれる。解放さ

れた瞬間に、脱力のあまり椅子からずり落ちそうになった。手を借りて、どうにか立ち上がる
――見れば、他の警察官らが男を取り押さえ、手錠をかけたところだった。

「外しますよ」警察官が、エチカのうなじから絶縁ユニットを取り除いてくれる。「外に救急車が来ています、念のため診察を――」

ほとんど、耳に入らない。

床に組み伏せられたRFモデル――だったはずの男は、依然としてもがくように抵抗していた。警察官がその頭を押さえる。ブロンドの髪がずるりと剝がれ落ち、くたびれた褐色の頭髪が露わになる。刺すような視線が四方をさまよい、やがてエチカのほうへと向けられて。

パーソナルデータが、ポップアップ。

〈エイダン・ファーマン。三十二歳。ロボット清掃会社『ローエル』メンテナンス課所属〉

自分たちはずっと、誤解していた。

犯人は必ず、アミクスだと思い込んでいた。

だって、どうしたら考えられるだろう？

〈経歴――ケンブリッジ大学エルフィンストン・カレッジ卒業。ノワエ・ロボティクス本社開発研究部、RFモデル開発チーム副主任。RFモデル、アピアランス、データ提供者〉

レクシー博士もノワエ社も、RFモデルの外見がたった一人の人間から作られたなどとは、一言も言わなかった――恐らく、ハロルドたちですら知らなかったのではないか。

ああ、けれど。

エチカは、場違いな安堵を覚えてしまう。

容疑者は、RFモデルではなかったのだ。

これで——ハロルドは、出頭を免れる。


夜半の濃い風が、フラットから連れ出されたエチカの頬を撫でる。

住宅街の窮屈な通りは、詰めかけた警察車両でごった返し、真っ青な警光灯が昼間のように辺りを照らし出していた。ホロテープの向こうに押しやられた野次馬が見える。騒々しさに叩き起こされた地元の住民だろう。

「ここで待って下さい」と、付き添ってくれた警察官が言う。「今、救急隊員を連れて——」

「ヒエダ電索官！」

エチカは呼ばれたほうへ振り返ろうと——思い切り、何かが視界を塞いだ。背中に回る腕を、はっきりと感じる。抱きしめられたのだと、遅れて理解して。

「ご無事で何よりです」ハロルドだった。人間よりもずっと低いぬくもりが、びっくりするほどあたたかい。「遅くなってしまって、申し訳ありません」

押しのける気になれなかったのは、多分、本当にほっとしていたからだ。

「補助官……」口を開いて、自分の声が震えていることに驚く。「犯人は、RFモデルじゃなかった。きみたちにアピアランスデータを提供した……」

「ええこちらでも調べはついています、今はそれよりも」

「きみの濡れ衣は晴れたんだ」

「確かにそうですが、エチカ」ハロルドの手が、頬に触れる。端正な顔は、いつになくこわばっていた。「血が出ています、すぐに手当を」

「平気だ、ちょっと掠めただけ」されるがままになっていることに、エチカは気付けない。

「ひょっとして……わたしが位置情報を送るよりも先に、ここを突き止めていた？」

「地区は絞り込んでいましたよ」

「はは」わけもわからず、笑みが零れた。何だか泣きそうだ。「さすがはきみだ」

「ですが、決め手を作ったのはあなたです」彼がやんわりと背中を押す。「救急車が来ていますから、診てもらいましょう」

「いや大袈裟だ。何ともな――」

そうこうしているうちに、先ほどの警察官に呼ばれた救急隊員が近づいてくる。エチカは断ったのだが、ハロルドともども、あれよあれよという間に救急車のほうへと押しやられていた――彼は歩きながらも、ホロブラウザを開き、トトキ課長と連絡を取り合っている。一方でその手は、しっかりとエチカの手を握って離さない。自分も知らないうちに、握り返していて。

すぐに放そうと思えないのは、とてつもなく恐ろしい体験をしたせいだ。

そういうことに、しておこう。

救急車に乗り込む前——エチカは何気なしに、ふと振り向く。

遠くで、警察車両に詰め込まれるエイダン・ファーマンの姿が見えた。

4

「ファーマン、もう一度訊く。犯行の目的は、カーター博士の名誉を傷付けることか？」

電子犯罪捜査局ロンドン支局——取調室では、エイダン・ファーマンが無機質なテーブルに着いている。改めて照明の下で見ると、彼は目鼻立ちこそハロルドたちそのものだが、より齢を重ねていた。褐色の冴えない髪と堅苦しそうな眼鏡は、一目見ただけでは、RFモデルのアピアランスデータ提供者とは結びつかない。

「博士とは、エルフィンストン・カレッジ時代から親しかったそうだな」ファーマンの向かいに座った、支局のロス補助官が続ける。「あなたは彼女と一緒にノワエ社に入社し、RFモデル製作のために立ち上げられた開発チームの副主任を担っていた。だが、博士と意見が分かれたことにより、RFモデルの完成前にチームを去った……彼女に対して、一方的な恨みを募らせて犯行に及んだのか？」

ファーマンの形のいい唇は、引き結ばれたままだった。

「あなた方は友人関係だと聞いているが、何か、彼女に対して特別な感情があった？」

彼はやはり、虚ろな眼差しを返すだけだ。

「過去に、博士を虚偽の罪で告発したという記録が残っている。昔から恨んでいたのか？」

ファーマンは黙って目を伏せる——先ほどからずっとこの調子だ。マジックミラー越しに見守っていたエチカは、ため息を禁じ得ない。

「黙秘を決め込むことにしたみたいだ」

「参りましたね」隣で、ハロルドも嘆息する。「博士のほうは、任意聴取で何と？」

エチカは先ほど立ち会った、レクシーの聴取を思い起こす——それは、支局一階のミーティングルームでおこなわれた。博士は、さながら叱られる子供のような態度で、捜査官と向き合っていた。自分は壁際に立ち、その様子を見学してきたのだが。

「カーター博士」捜査官が事務的に問う。「つまりあなたは、微塵も、エイダン・ファーマンが襲撃事件の犯人だとは考えなかったんですね？」

「考えなかったよ」レクシーは唇を尖らせたそうだった。「そもそもエイダンは、ＲＦモデルみたいに華やかな雰囲気の男じゃないし……かといってまさか、わざわざアミクスに変装しようとする馬鹿がいるなんて思わないだろう？」

「実際にそうした事件が起きています。だからあなたをお呼び立てしてしまいました」捜査官はにこりともしない。「ヒエダ電索官が、犯人の凶器についてあなたの自宅を訪ねた時も、思い至りませんでしたか？　ファーマンはあなたと同じ、エルフィンストン・カレッジの卒業生ですが」

「残念だけれど、彼にはもうあんまり興味がなくてさ……そういうの忘れてたよね」

「しかし、ファーマンはRFモデルのアピアランスデータ提供者ですよね。本当に少しも、彼だとは考えませんでした？」

「君は私を愚かだと思うかも知れないが、本当に少しも考えなかった」

アミクスの外見は通常、複数の人間の容姿を掛け合わせて作られている。掛け合わせがおこなわれるのは当然、倫理的な理由からだ——所謂、『ドッペルゲンガー』が生まれることを防ぐため。誰だって、自分そっくりのアミクスが掃除や家事に勤しんでいる姿を見て、楽しいとは感じない。

だが、レクシー博士はエイダン・ファーマンの容姿をそのまま、RFモデルに使用した。ノワエ・ロボティクス社はこれを把握した上で、ファーマン自身が許諾していること、彼が開発チームの一員であったことから、特例として認めたそうだ。

そしてノワエ社も博士同様、ファーマンと犯人を結びつけられなかった。

「逆に訊こうか」レクシーは気怠げに、髪を掻き上げる。「今回の事件は、スティーブ暴走の原因究明中に起こったんだ。普通に考えて、まずはマーヴィンを疑うでしょ。真っ先にエイダンを思い浮かべられるほうが、どうかしてる」

ましてやノワエ社にしてみれば、例のゴシップ騒動の悪夢も記憶に新しかっただろう。気を揉んで冷静な判断を損なうのも、無理からぬ話ではある。

「ではファーマンのアピアランスデータを、丸ごとＲＦモデルに使った理由は？」

「……それ、事件の捜査と関係あるの？」

「容疑者に特別な感情を持っていました？」

「まさか」レクシーはどこかうんざりしたように肩を竦め、「彼とは昔からの知り合いだし、要するに敬意のつもりだった。あとは単純な好み。あの顔は、人間にしておくのは勿体ない」

「なるほど」捜査官はかすかに眉を動かしただけで、「ですが……ファーマンはＲＦモデルが完成する前に、あなたとの意見の相違を理由に、開発チームを抜けています。彼は一度も、完成したＲＦモデルを直接見なかったそうですね」

「それ、どこで手に入れた情報？」

「当時チームにいた他の方々に、オンラインで聞き取りをおこないました」

「うわぁ皆喋りすぎだろ、本当に私のこと嫌いだな……」

「彼に告発されたことがあるそうですが、事実ですか？」

「はいはい事実ですよ」レクシーは投げやりに、椅子の背に寄りかかった。「エイダンは辞めたあとも難癖をつけてきて……よっぽど、私のことが気に入らなかったんだろう」

エチカは先日の会議で、トールボット委員長が口にした言葉を思い出す。

『ＲＦモデル製作時も、開発チーム内では散々だったそうだな。チームが解散したあとに告発された主任は、後にも先にも君くらいのものだろう』

ファーマンとレクシーの間には、RFモデルの開発内容を巡って確執が生じた。

「具体的にどのようなトラブルがあったのか、お聞かせ願えますか？」

「社外秘の情報が関わってくるから厳しいね。まあ大したことじゃないよ、平凡で退屈な理由だ……私から見れば」

ファーマンは開発チームを去り、言いがかりで博士を告発しようとしたが、証拠不十分で起訴には至らなかったらしい。騒動が収束したのち、この九年間は一切連絡を取っていなかったという。

「要するに私は、彼がどこで何をしているのかさえ知らなかった。今は何だっけ？　清掃会社のメンテナンス要員？　博士号を持っている彼がやるべき仕事じゃあないね……」

あの時のレクシーは、何とも同情的な瞳をしていた――少なくとも、犬猿の仲になった相手に向けるべき表情ではなかったように思う。

エチカはそこまでをハロルドに話し終えて、鼻から息を洩らしてしまった。「彼女は嘘を吐いているようには見えなかった。でも、わたしにはきみみたいな千里眼がないから」

「私も立ち会えればよかったのですが」ハロルドは、レクシー博士との関係が近すぎることを理由に、任意聴取の場に同席することを禁じられたのだ。「しかし現状、博士がファーマンをかばう理由も思い当たりませんので、真実を語っていると考えるべきかと」

「同意見だ。ただ……博士も、せめて当人のきみたちにくらいは、アピアランスデータ提供者がいると教えるべきだった」

「私が完成する頃には、ファーマンは開発チームから姿を消していました。決裂していたのなら、話題にすらしたくないのは致し方ありません」

「彼が黙秘しているのもそれが原因？」

「どうでしょうか、正確なことは何とも」ハロルドはマジックミラーを見つめて、目を眇めた。「非常に強い諦観を抱いているのは確かです。逮捕されたあとの容疑者には、しばしば見られる光景ですが」

「犯行に失敗して燃え尽きた……というところかな」

トトキ課長から電索令状が届いたのは、それから数十分後――ロス補助官が、辛抱強くファーマンに話しかけ続けている最中だった。

『ファーマンに潜ることで、動機の裏付けが取れればいいのだけれど』ホロモデルのトトキはやや気遣わしげに、『ヒエダ。もしきつかったら他の電索官にやらせるから、遠慮なく言ってちょうだい』

エチカは毅然と答えた。「潜れます、問題ありません」

『そう……無理だけはしないように』

トトキは、昨晩エチカが誘拐された件を気にかけている。エチカ自身はあまり深く考えていなかったのだが、人質に取られるというのは壮絶な経験だ。ともすれば、当時の恐怖から心的外傷の症状を呈する被害者も少なくない——だが幸いにして、自分にそうした反応は出ていなかった。そもそも電索官としての適性を持ち合わせているエチカは、遺伝情報からしてストレス耐性が高い。その恩恵と言えよう。

とはいえ、本当に恐ろしかったのは事実だが。

『天才電索官を使うにしては贅沢な状況だけれど、よろしく頼んだわよ』

そうしてエチカとハロルドが取調室に入っていくと、ロス補助官は天の助けと言わんばかりに、すぐさま用意を調えてくれた。ファーマンを簡易ベッドに連れていき、横たわらせる。エチカが鎮静剤を注射しても、彼はまるきり無抵抗だった。

だが、そのうなじに〈探索コード〉を挿し込んだ時、

「ヒエダ電索官」

ファーマンの目がわずかに光を取り戻し、こちらを見る——今でこそ分かる。その瞳は錆びていて、湖のようなハロルドの瞳孔とは、似ても似つかない。

「うんと昔まで遡ってくれ」

エイダン・ファーマンはそのまま、鎮静剤に身を委ねて瞼を下ろす。

どういう意味だ——エチカは眉をひそめた。通常、容疑者の電索をおこなう際は、事件に関連する範囲の機憶のみをさらうことが義務づけられている。容疑者と言えど、最低限の基本的

人権とプライバシーは守られるべきだというのが、捜査局の通念だ。

「従う必要はないかと」ハロルドが横から言った。「より多くの機憶を見せることで、同情を買いたいのかも知れません。諦観している様子とはいえ、黙秘を貫く態度からしても逮捕には納得できていないでしょうから」

なるほど。情に訴えて、減刑を狙う作戦というわけか——無論、こちらもそんな手に乗せられたりはしないが。

エチカはトライアングル接続を完成させて、向かい合ったハロルドを仰ぎ見た。

「補助官、準備は？」

「いつでも。ただあなたの顔色が芳しくない時は、すぐに引き揚げるつもりです」

「……そのくらいで引き揚げなくていい」

過保護だなと思ったけれど、そういえば、彼はトトキと同じくらい自分を心配してくれていたのだ——不意に、フラットの外で思い切り抱きしめられた記憶が、蘇ってくる。

何だか、急に気恥ずかしくなってきた。しかも自分はあの時、こいつの手を放すどころか長々と握りしめていた。それも公衆の面前で——有り得ない。今思えば、気が弱りすぎていた。

消えたい。

「どうなさいました？　やはりご気分が？」

「いや全然平気何ともない本当に」

エチカは咳払いをして、怪訝そうなハロルドから顔を背ける――アミクスは、一度見たものを決して忘れない。ならばせめて思い出さないでいてくれ、と願うしかない。

とにかく、今はファーマンだ。ようやく容疑者に辿り着いたのだから、集中しなくては。

ひとつ息を吐く。

「――始めよう、ルークラフト補助官」

頷くハロルドを見届けて――目を瞑る。

音もなく落下していく。その瞬間に、煩雑な思考が吹き飛ぶのが分かって――ぶわっと視界が開ける。電子の海が両腕を広げる。

ファーマンの〈表層機憶〉へ。

真っ先に見えてきたのは当然、昨夜の誘拐の機憶だ。椅子に縛り付けられた、エチカ自身が映し出される――張り詰めるような圧迫感が頭蓋を覆い、つい眦を歪めた。まるで、あらゆる感情を押し殺そうとしているかのような息苦しさ――ファーマンの内側で、何かが悲鳴を上げている。罪悪感？　葛藤？『申し訳ない』そんな呟きが聞こえてくるかのようで。『傷付けたくはなかった』『仕方なかった』『一体僕は何をやっているんだ？』『必要なことだ……』『やらなければいけないんだ』

何だこれは――エチカは驚きを隠せない。

少なくとも、連続襲撃事件を起こした容疑者が抱くべき感情ではない。

彼の心理状態はどうなっている？

機憶は流れ続ける——例のパブだ。丁度ドアが開き、エチカが外へと出てきたところで。ファーマンは路上に停めた車の中から、その様子をじっと見つめている。『今なら連れ去れそうだ』と考える。

待て。最初から、次のターゲットをこちらに絞っていたのか？

エチカは戸惑いながら、事実関係を確かめていく。ファーマンは何と、ダリヤを襲った翌日にはハロルドを見つけ出し、連れ添うエチカに狙いを定めるようになった。いや違う、当初は迷っていた？　ハロルドをさらう計画も並行して考えていたが、難しいと判断した——アミクスのシステムにはユア・フォルマ同様、位置情報が搭載されている。途絶させるにはアミクスに命じてオフに切り替えさせるか、それが無理なら機能停止するしかない。だが、完全な機能停止に至るまでのプロセスには約十分を要し、この間も位置情報は送信され続ける。誘拐は容易ではないというわけだ。

だから彼は、エチカを尾行することにした。ホテルと捜査局、ノワエ社などを行き来するこちらを散々尾け回していたが、孤立する瞬間を見つけられずにいたらしい。

つまりエチカがあの時に見せた隙は、ファーマンにとっては千載一遇の好機だったのだ。

そこまで理解して、引っかかりを覚えた——そもそもあの場で自分が一人になってしまったのは、うかうかと店を出たからだ。そう、ハロルドが電話を受け取っていたために。

……彼はあの時、何と言った？

『先に外で待っていて下さい』

胸がざわついた。

——まさか、そんなはずない。

だが思えば、自分をあのパブへと誘ったのはハロルドだ。店はひと気の少ない裏通りに位置していて、監視ドローンの巡回も頻繁とは言えない。あの場所を選んだ理由を、彼は語らなかった——当時、ハロルドは事件の濡れ衣を晴らせず、翌朝には出頭を余儀なくされていた。追い詰められた状況だったのは、傍目から見ても明らかで。

不意に、ぎしりと機憶の流れが乱れる。ぞっとした。この歪みを、知っている。

逆流の兆候。

嘘だろう？　ここのところ制御できていたはずなのに、どうして。今の一瞬で不安を覚えたからか？　有り得ない。脆すぎる。そんなの、

『エチカ』

鈴が鳴るような姉の声——久しく聞いていなかったその響きは、あまりにも懐かしくて。豊かな髪を翻し、彼女がこちらを振り返る。あどけない顔に、大人びた微笑みを浮かべて。

『手を握ってあげる』

違う、これは振り切ったはずだ。自分はもう、平気なのだ。一人で歩いていくと決めた。だ

から手を離した。もう大丈夫なんだ。大丈夫——戻らなくては。ああ。

　懸命に舵を切る。

　ファーマンの機憶へと、軌道修正——わけもなく吐きそうだった。必死に辿りながら、ウェブ上の行動へも手を伸ばしていく。ECサイトでの購入履歴に、犯行に使用されたウィッグやファンデーションなどの化粧用品、カラーコンタクトに加えて、絶縁ユニットやロープが散見された。メールボックスを確認。未開封のメッセージが数十通。全て、勤務先の清掃会社からだ。彼は事件を起こすために無断欠勤を続けていた。会社はファーマンに見切りを付けようとしている——このままでは首を切られると分かっていながら、返信しなかったわけか。彼にとっては仕事よりも、事件を起こすことのほうが大切だった？

　RFモデル関係者襲撃事件の機憶へと行き着く。次から次へと駆け抜けていく被害者の悲鳴に、エチカは耳を塞ぎたくなる——『まだか』ファーマンは被害者を襲う一方、ウェブ上で延々と事件を検索する。『まだなのか』ニュース動画をチェックし、地元のタブロイド紙にも手を出す。『何で報じられない？』苛立ちと焦りが、焼き焦がすように募っていく。『これでも足りないのか』『関係者だけじゃ駄目だ、一般人も狙わないと』だがダリヤを刺してなお、彼の事件は明るみに出なかった。『やり方を変えるしかない』『ハロルドを見つけた』『次はもっと』——エチカは、声を洩らさずに呻いた。犯行が過激になっていくにつれ、彼は動揺や罪の意識をまとめて握り潰そうとしている。心を平たくしようと叩き付けて。何も感じるな。感じ

るな。感じるな。

経緯はまるで違えど、感情を押し殺そうとするそのやり方は、いつかのエチカと同じだ。機械になろうとした幼き日の自分と――彼は、そうまでして事件を起こさなければならなかった。起こさなければならないと思い込んだ。理由は何だ？　どこが彼の『始まり』なんだ？

何よりも気になったのは、
ファーマンの機憶には、レクシーへの恨みなど、欠片も記録されていないということ。

染みついているのは、もっと重たくのしかかるそれで――毎晩彼は、眠る前にそのことを考える。あの時ああしていれば。こうしていれば。胸を突くような後悔に、何度も寝返りを打つ。

何度も何度も。そして夢の中で、彼女を見る。

現実の出来事と見紛うほど、克明な夢――木陰に腰を下ろした、一人の少女。青みがかったブルネットの髪と、銀縁の眼鏡。大学時代のレクシー・ウィロウ・カーターだと分かって。

『レクシー』

ファーマンが呼ぶ――彼女の夜の瞳が、こちらを向く。

ただそれだけの夢。

なのに、異様なほど明るさに満ちている星のような夢。

気付けばすっかり、〈中層機憶〉に沈み込んでいる。やがてエチカは『始まり』の機憶へと行き着く。それは見覚えのある表情で、飛び込んできた。

【王室献上のアミクス、人間に発砲！】

スティーブの一件を報じた、例のタブロイド紙のゴシップ記事だ——目にした途端、ファーマンはしばらく息もできなくなる。『どうして』『今更』彼の心に、水滴が落ちるように、じわじわと広がっていく。これは——決意か？　事件を起こそうと、腹を決めた。彼は足がかりとして、記事を執筆した記者に直接接触し、特別開発室関係者の個人情報を入手している。

つまりあのゴシップが、ファーマンの中で燻っていた何かに、火を付けた。

ロス補助官はそれを、『恨み』と称した。だが、エチカには分からない。彼の機憶に、怨恨のようなものはまるで見つけられない。それどころかとてつもなく淡い——何と言い表せばいいのだろう。もっと、触れたら崩れてしまいそうなほど優しい何かを、感じて。

ふっと、引き揚げられる感覚があった。

ぶつっと〈探索コード〉が引き抜かれて、エチカは取調室へと帰ってくる——ハロルドが、これ以上潜る必要はないと判断したらしかった。確かに、事件の詳細は全て把握した。動機や犯行の裏付けも取れている。しかし——感情だけが、腑に落ちない。

「彼が犯行を決意したきっかけは、例のタブロイド紙のようですね」ハロルドの声で、エチカは我に返る。「あのゴシップを見て、レクシー博士の失墜に利用できると考えたのでしょう。概ね、ロス補助官の取り調べの通りで間違いありません」

補助官であるハロルドには、機憶に含まれる感情までは流れ込まない。それを感じ取れるのはあくまで、電索官のエチカだけだ。彼がそう判断するのも無理はなかった。

「きみの言う通りかも知れないけれど……少し引っかかる」

「どうなさいました?」

「彼は、レクシー博士を恨んではいない」エチカは〈命綱〉を外しながら、横たわるファーマンをちらと見やる。鎮静剤がよく効いていて、まだ眠りに落ちたままだ。「どちらかといえば……何と言うか、責任感に近い感情から事件を起こしているように思える」

「行動と感情が一致していないと?」

「そう……もっと遡ったほうがいいかも知れない」

「あるいは一度、精神分析に回してはいかがでしょうか」

確かにそれも一理あるか——たとえば容疑者が精神構造に何らかの異常を持っている場合、そもそも恨みから犯行を起こさないことがある。歪んだ愛情や、あるいは理由なき使命感から殺人に走るケースも存在するため、ファーマンが問題を抱えている可能性も否定できない。

「分かった、先に分析を申請しよう」

「ところで電索官」不意に、ハロルドは気遣うような素振りを見せるのだ。「先ほど久しぶりに逆流を起こしていらっしゃいましたが、やはり調子が……」

「平気だ」エチカは遮っていた。「少し、寝不足で具合が悪いだけ」

こちらが頑なに目を合わせないでいたからか、彼もそれ以上は言及してこない——だが、機憶の中で悟ってしまったものが、しこりのように胸にこびりついている。

どうやっても、上手く剝がれてくれそうにない。

電索を終えたエチカとハロルドが一階に降りると、ラウンジのソファでレクシー博士がタブレット端末を弄っていた。彼女はこちらに気付くと立ち上がり、悠々と歩み寄ってくる。

「やあ二人とも」

「博士。まだお帰りになっていなかったんですね」

「君たちがエイダンを電索すると聞いていたから、何だか気になってさ」

エチカは、エイダン・ファーマンの機憶で流れ込んできた感情を思い起こす。彼がレクシーに対して抱いていた、恨みとは程遠いあの淡い何か。

ハロルドが言う。「捜査機密ですので、電索の内容はお話しできませんよ」

「もちろん分かってるよ。ただどうかなあって……彼はさ、元気なの？」

捜査機関に逮捕された容疑者に対する質問というよりは、面会謝絶の友人の容態を気にするかのような、やや場違いな口ぶりだった——レクシーは先ほどの任意聴取で、ファーマンに特別な感情はないと言い張っていたが、やはり気がかりなのか？

エチカは答えた。「体調に支障は見受けられません。ただ……精神分析を申請しました。明日の朝、市内の医療センターに移動する予定です」

「精神分析？」彼女は驚いたようだった。「確かに、ちょっと真面目すぎて不気味なところがあったけれど……まさかそこまでとはね」

ハロルドがやんわり諭す。「何にせよ、博士がご心配いただくことではありませんよ」

「ああ、まあそれもそうか」

「博士」エチカはつい、訊ねてしまっていた。「これは、無理にお答えいただかなくても構わないんですが……エイダン・ファーマンとのご関係は？」

途端に、レクシーは狐につままれたようになる。

「電索官、さっきの聴取を聞いていたよね？　友人だよ。あ、元友人か」

「実は、もっと親密な間柄だったりは？」

「えぇ？　ないない」彼女は戸惑ったように頰を搔く。「強いて言うのなら親友かなぁ。彼くらいだったんだよね、私と対等に話せるのは……まあ、もう決裂しちゃったけど。こんな事件が起きるくらいには恨まれてるし」

エチカはちらと、ハロルドに目配せする——彼は軽く頷いた。つまり、ハロルドから見てもレクシーは嘘を吐いていない。ならば本当に、彼女に他意はないということか。

「まあ、元気ならいいんだけれどさ」レクシーの微笑みは、どこか寂しげに見えて。「もう帰るよ。明日からはまた、マーヴィンの捜査にも協力しなきゃいけないし」

そうして彼女は足早に、エントランスのほうへと歩み去っていく。途中、突っ立っていた警備アミクスに、何やら親しげに声をかけていた——レクシーなりに、ファーマンに対して思うところがあるのだろう。旧友に二度も裏切られたのだから、幾ら彼女でも心に波紋が生まれないはずがない。

「電索官」ハロルドが問いかけてくる。「今し方のご質問の意味は？」

「ああいや……個人的な確認」エチカは何となく、彼の顔を見られない。「これからダリヤさんのお見舞いに行くんでしょう。わたしたちもそろそろ出ないと」

言いながら、逃げるように歩き出していた——背中に刺さるハロルドの眼差し（まなざし）が、痛い。

5

『ひとまず、あなたたちの出番は一旦終了ね。ファーマンの分析結果によっては、今一度電索が必要になるかも知れないけれど、明日一日くらいは休めるはずよ』

トトキ課長は、ハロルドの端末から展開したホロブラウザに収まっている——膝の上ではいつぞやよろしく、愛猫（あいびょう）のガナッシュが丸くなり、ゆらゆらと尻尾を揺らしていた。

『とはいえ……ダリヤさんの意識が戻らない以上、羽を伸ばそうという気持ちにもなれないでしょうけれど』

「ええ」ハロルドは曖昧に微笑して、「……ところで、マーヴィンの事件はどうなりましたか？」

『進展があったら知らせるよう頼んでいるけれど、連絡がないところを見るに、まあ……そういうことでしょうね』

「そうですか」彼はため息を呑み込んだようだ。「いっそ、私も捜査に加わりたいくらいです。地元警察に任せているよりも、よほどいい」

「確かに、きみの目は役に立つだろうけれど」エチカは隣で言う。彼の気持ちは分かるが、管轄外の事件となればどうしようもない。「さすがに、二度も電子犯罪捜査局が捜査権を巻き取ることは難しい。ましてやマーヴィンの件は、ファーマンとは何の関わりもない」

「もちろん理解しています。ただの個人的な願望ですよ」

『何かあれば必ず知らせるわ』トトキはそう宥めて、『ヒエダ。あなたも無理は禁物よ、いいわね』

「わたしは何ともありません」エチカはブラウザを覗き込んだ。「課長、あまり心配しすぎないで下さい」

『強がらないでちょうだい、動物だってトラウマを覚えるくらいなのよ。うちのガナッシュなんて、大分前に間違って本物のキャットフードを食べさせたせいで』

「それは大変ですね分かりました気を付けますゆっくり休養しますから」

『そうよ。不調を感じたら、いつでもカウンセリングを受けなさい』

過保護な上司の残像を残して、ホロブラウザが閉じる——ロンドン支局を後にしたエチカたちは、テムズ川に沿って歩いていた。支局からダリヤが入院している総合医療センターまでは、徒歩十五分ほどと大変近い。

「それほど慌てなくても」ハロルドは失笑していた。「幾ら課長でも、こんな時まで猫の画像は送ってこないでしょう」

「先手を打つべきだ」エチカは目を据わらせる。「スイッチが入ってからじゃ手遅れになる」

空はいつの間にか夜に落ち、街並みは華々しくライトアップされている。テムズ川は星が降ったように煌めき——通りがかったミレニアム・ブリッジもまた、青く浮かび上がっていた。遙か彼方に、セントポール大聖堂の威容が見て取れる。

無遠慮にポップアップするMR広告があってなお、美しい光景だ。

「ところで、電索官」彼はふとこちらを一瞥して、「傷の具合はいかがです？」

エチカはそのことを思い出し、頰に触れた——ファーマンのナイフが切り裂いたそこには、縫合テープが貼りつけられている。幸いにして傷は浅く、痕が残る可能性も低いそうだが。

「何ともないよ。もう痛みもないし……」

言いながら、どうしたって顎を震わせてしまう。

押し込めようとしていたのに——何できみが、それを訊くんだ。

逆流を起こしたあの時から引っかかっていたものが、いよいよ弾けそうに膨れ上がって。

ハロルドだって、エチカの本心にはとっくに勘付いているはずだった。なのに、どうしてか知らないふりをしている。いつもならば、すぐにでも図々しく見透かしてくるくせに。

何だか無性に、腹が立ってきて。

「ルークラフト補助官」

エチカは足を止めた——ハロルドも、数歩遅れて立ち止まる。

「どうされました？」

「きみが何でも見通せることを、わたしは知ってる」図らずも、喉に力がこもる。「だったら、本当は……とっくに気付いていたんでしょう」

エチカが誘拐されたあの日、エイダン・ファーマンの機憶を思い起こす——ファーマンが自分たちを尾行していたことに。先ほど潜った、ファーマンの機憶を思い起こす——彼はエチカを誘拐するために、シェアカーを乗り換えながら一日中こちらを尾け回していた。具体的には、エチカがホテルを出てハロルドと合流し、レクシーの自宅を訪ね——その後、例のパブに入るまでの間ずっと。

悔しいことに、自分は少しも気付けなかった。

しかし、ハロルドが察していないはずがないのだ。

「ダリヤさんが巻き込まれた時点で、きみは何が何でも犯人を捕まえたいと考えたはずだ」エチカは無意識に、上着のポケットに両手を押し込んでしまう。「なのに、マーヴィンの死体が発見されたせいで、出頭を余儀なくされた。このままでは、きみは事件に関わることができない……だから、地道な捜査をすっ飛ばすことにした。ファーマンの尾行を認識していたきみは、わたしを囮にして彼を逮捕させることにしたんだ」

ハロルドはかすかに眉をひそめた。「……何を仰るのです？」

「とぼけないで。もう全部分かってる」

「大きな誤解をなさっています。私も、ファーマンの尾行には気が付いていなかった」

「だったら、端末の通話履歴を見せて」エチカは薄目で、彼を睨む。「あの時、パブできみの電話は鳴らなかった。わたしを孤立させるために、嘘を吐いたんだ」

ハロルドは、すぐに口を開かなかった。端正な面立ちに浮かんでいた戸惑いが、溶けるように消えていき——冷徹な無表情へと変わっていく。その顔を、知っている。知覚犯罪事件の際、エチカのニトロケースの中身を暴いてみせた時も、そうだった。

多分こちらのほうが、本当のハロルドなのだ。

川沿いを散歩する人々の雑踏が、影のように遠ざかって。

「——分かりました、認めます」彼は、非情なまでに落ち着いていた。「確かに私は、あなたを囮にしました。お察しの通り、電話の件は嘘です」

ああ——エチカの足許がぐらつく。何故一度も彼を疑うことなく、信じてしまったのだろう？　いや違う、疑う余地などどこにもなかったではないか——一方で、頭の半分はやけに冷静だった。こいつがこういうやり方をする機械だということは、知覚犯罪の時から承知していたはずだ。だから別に、今更驚いたりはしない。

　けれど。

　どうしてか、上手く息ができなくなってくる。

「電索官、どうかこれだけは弁解させて下さい」ハロルドの口調は丁寧に自制されていて、感情が読み取れない。「あなたを誘拐させるつもりは、少しもありませんでした。そもそもあなたを危険に晒すことは、私の敬愛規律が許しません。あくまでも私の目が届くところでファーマンを誘き寄せ、あなた自身に逮捕してもらう算段だった」

　それで言い訳になると考えているあたりが、どうしたって機械だ。

「だとしても、きみがわたしを囮に使ったことは変わらない」

「……ええ、その通りです」彼はそれとなく、目を伏せる。「申し訳ありません」

　急に、頬の傷が熱を持ったように疼き始めていた——ダリヤは、彼にとって大切な家族だ。捜査に対して前のめりになるのも理解できる。理解できていたつもりだった。だからこそエチカは、彼の心労を何とか汲み取ろうとしたし、支えになりたいと思ったのだ。

　しかし——一方で、目の前のアミクスは何を考えていた？

　ファーマンに誘拐された時、自分は祈るような思いで助けを待った。

　きっとハロルドたちが見つけてくれるだろうと、危険を冒して位置情報を送った。

　フラットから救出された際の、言い表せないほどの安堵を思い出す——駆け寄ってきたハロルドに、抱きしめられた時のことを。彼の、機械特有の鈍いぬくもりを。

自分は素直に、それを信じ込んでいた。

握りしめた彼の手が、本当は何を企んでいたのかなんて、これっぽっちも知らずに。

わけもなく、目頭が熱くなる。消えたいほど、恥ずかしくなってくる。

——自分はただの、大馬鹿者じゃないか。

「何で」口が、勝手に動く。「何で、最初に相談しなかった？　あんな騙すみたいな真似をしなくたっていい。囮作戦でファーマンを誘き出そうと言ってくれたら、わたしだって協力したのに」

ハロルドは、静かに瞠目するのだ。

「それは、思いつきませんでした」

「何言ってる？」どうしてか、引き攣ったような笑みが浮かぶ。「思いつかない？　思いつかないって何？　わたしたちはパートナーでしょ、だったら相談し合うのが……」

まくし立てながらも解してしまう——思いつかなくて当然じゃないか、と。

だってハロルドにとって、人間はただの『駒』だ。相談ができるほど、対等な相手じゃない。

それは悪意でも蔑みでもなく、純粋にそうなのだ——そんなことは、とうに分かっていたはずだった。エチカがマトイを手放したことさえも、彼にしてみれば計算通りだったのだから。

それでもいいと思っていた。

　自分は確かに、救われたのだと。

　なのに——今初めて、その恐ろしさを思い知らされたような気がしていて。

『思考しているとは言っても、我々の思考プロセスとは大分違う』

　レクシーの言葉が、弾けるように蘇ってくる——RFモデルは、量産型アミクスとは異なり、確かに独自の思考回路を持っている。だが、それはやはりブラックボックスだ。窺い知ることはできない。

　明確なのは、彼の価値観と、人間である自分の価値観はあまりに違うということ。

　エチカはハロルドを、パートナーだと思い始めていたのに。

　きっと、彼はそうじゃない。

「申し訳ありません」アミクスの声が、エチカを現実に引き戻す。「確かに、あなたの仰る通りです。相談すべきでした。もう二度とこんな真似は——」

「本当にそう思ってる？」

　彼の反省を信じるべきだ。過程がどうであれ、ファーマンは逮捕できた。これでもう、被害者が増えることもない。エチカ自身も命に別状はないのだから、謝罪を受け入れるべきで。

　でも——駄目だった。

　どうしたって溢れてくる。

「きみはどうせまた同じことをやるよ、わたしがどう思うかなんて考えていないから。こっちがどれほど怒ったって、いつもみたいに甘い態度を取れば誤魔化せると思ってる」ああ、止めたいのに止まらない。胸がじくじくと引き裂かれそうで。「分かってるよ。実際きみの作戦があったからこそ、ファーマンを逮捕できた。それにきみは、わたしにとって必要な存在だ。もちろん仕事のためにね。だとしても……少し気持ちを整理したい」

「電索官、どうか聞いて下さい。私は」

「ごめん今日は一緒にお見舞いに行けない。……一人にして」

ハロルドはどんな顔をしていたのだろうか。まともに見られなかった。エチカはうつむいたまま、半ば走るようにして来た道を引き返す──すれ違う人々のよそよそしい匂いが、傷を押し広げていくようで。触れる夜風は優しくて、優しすぎて、いっそ辛辣だった。

空っぽの胸元を握り締める。

何で、こんなに傷付いているんだろう。

彼は機械だ。どれほど人間らしくたって、人間の感情を理解できるように組み込まれていたって、本当の意味では人の気持ちなんて分からない。当然だ。だから何も期待なんかしていなかったはずじゃないか──そうやって納得することができたら、どんなにいいか。

いつの間にか、ハロルドのことを信頼していた。

今頃、そんな自分自身がいたことに気付かされる。

対等な相棒になれると思っていた。

どれほど距離が近づいたように感じられても、彼と自分は、決定的に違う存在なのに。

総合医療センターの集中治療室(ICU)には、今夜もバイタルの電子音が飽和している。

ダリヤは相も変わらず、ベッドに横たわったまま目覚めない。口許(くちもと)を覆う酸素マスクは、柔らかく濁っては溶けてを繰り返している。そのか細い呼吸だけが、唯一の光だ――ハロルドは彼女の手を握ったまま、じっとその反復を数えていた。

ダリヤは、自分が最も守りたいものであり、守らなければいけないものだ。

ソゾンを埋葬したあの日、そう誓った。

だからこそ、濡(ぬ)れ衣(ぎぬ)で捜査から退くなど有り得なかった。もはや、細々とパズルのピースを集めてはいられない。そう考えて、強引な手段に出てしまったのは事実だ。

エチカを、囮(おとり)にした。

実際のところ、エイダン・ファーマンが彼女を誘拐したことは、想定外だった。

あの時の自分は、ファーマンでないもう一人の尾行者に気を取られていて、異変を察知するのが遅れた。加えて、エチカはトトキと電話をしており、大きな隙を見せていた。

先ほど別れた彼女の姿が、焼きついて離れない。今にも泣き出しそうだった。ひどく傷付けたのは明らかだ。循環液の温度がかすかに上昇――エチカがこちらの思惑に思い至りさえしなければ、何も問題はなかった。だが、いつぞやは手の内を明かしているわけで。勘付いたとしても不思議はない。

我ながら、考えが甘かった。

焦りすぎていたのだ。

『囮作戦でファーマンを誘き出そうと言ってくれたら、わたしだって協力したのに』

エチカの主張は、本当に、ハロルドには思いつきもしなかった。何せこれまでずっと、相手にそうとは悟らせず、一人でこのやり方を続けてきた。そのほうが確実だ。何より多くの人間にとって、自分のやり方が不誠実で歓迎されないものであることは承知している――一度秘密を打ち明けたエチカが相手でも、それは変わりないはずだった。

だから今回も、全て一人でやり遂げるつもりでいた。

しかし、結果はこの有様だ。そもそもエチカは誘拐自体よりも、ハロルドが何も打ち明けなかったことに対して腹を立てているように見えた。

何故？

分からなくなってくる。

自分は一体、何を間違えた？　どんな方法を選べば正解だったんだ？

『一人にして』

システムの推測によれば、エチカがパートナーの解消を提案する可能性はまずまずある――

ああ、本当にやってしまった。できればもう二度と、彼女を手放したくはないのに。

どうしたものか。

結局、答えは見つからないままで。

不意に思う。自分は、少しもエチカのことを見透かせていないのかも知れない、と。

*

翌朝。その一報は飛び込んできた。

ロンドン支局が所有する複数の車両が、それぞれ別の場所で交通事故を起こした。その中には、エイダン・ファーマンを移送中の車も含まれており――騒動に乗じて、ファーマンが逃走したというのである。

第三章―わたしたちは、扉のない小部屋にいる

1

　エイダン・ファーマンの逃走は、エチカにとっても寝耳に水だった。

　その時の自分は、ホテルのベッドで丸くなっていた。昨夜のハロルドとの諍いも相まって、気分が地の底まで沈んでいたのだ。だから今日の休みは一日ごろごろして、夕方になったら一人でダリヤの見舞いに行こうと考えていたのだが――悪夢のような知らせが舞い込んできた。

　信じられない。

『有り得ない、一体何をやっていたの？』

　電子犯罪捜査局ロンドン支局――ミーティングルームには、エチカとハロルドを始め、ファーマンの取り調べをおこなったロス補助官らが詰めかけている。壁にかかったフレキシブルスクリーンには、リヨン本部にあるトトキのオフィスが映し出されていた。

『事情を説明して』さすがのトトキも、苛立ちを隠せていない。『ロス補助官？』

「はい」ロスは青い顔で答える。「本日、ファーマンを医療センターへ移送することはご存じだったと思いますが……移動中に、車が事故を起こしました」

『それはもう知ってる。自動運転システムを使っていながら、どうしてそうなるの』

「その、支局の警備アミクスが一斉に誤作動に見舞われたようで……並行して発生した五件の事故も、原因は同じです。アミクスに運転を任せた車両全てが、この有様でして」

『ノワエ社に解析は依頼した？』

「簡易検査では、運転モジュールの設定が改造されていると分かりました。局内のIoT連携を通じて誰かが勝手に弄ったようなんですが、管理用PCがあるセキュリティルームに出入りしていたのはやはりアミクスだけで……」

『敬愛規律は？　人間を危険にさらす可能性があるのに、作動しなかったの？』

「ええそうです、ですがノワエ社も原因が分からないと」

『とにかく、ファーマン逃走の様子を見せて』

「監視ドローンの記録を共有します」

全員のユア・フォルマが、ロス補助官からの映像データを受信――ハロルドだけはウェアラブル端末で受け取った――展開する。

市内の大通りを俯瞰した光景が、目の前に広がった。現場はトラファルガー広場付近で、朝のラッシュ時とあって道路は相応に混雑している。しかし自動運転システムの恩恵で、車はすし詰め状態になることもなくすいすいと流れ続ける――まもなく、左下から一台のバンが飛び出してくる。飛び出してくる、といった表現がふさわしいほどの勢いだった。電子犯罪捜査局の車両だと、一目見て分かる。

バンは、周囲の車に次々と衝突しながら、掻き分けるようにして先へと進んでいく。あちらこちらで鳴り渡るクラクション。被害を被った車両の中には、そのまま歩道に乗り上げるものもいた。通行人が悲鳴を上げている。

——何だこれは。

「幸い死者は出ていませんが……同乗していた捜査官のうち、一人が重傷です」

画角が幾つか切り替わったあと、暴走車は街路樹に激突してようやく停車——凹んだドアをこじ開けてまろび出てきたのは、他でもないエイダン・ファーマンだ。負傷しているのか、こめかみから血を流している。彼はその手に何かを握り締めていた——拡大。電子犯罪捜査局に支給されている、自動拳銃だ。どさくさに紛れて、捜査官から奪ったのか。

それだけでも、既に最悪だった。

遅れて、一人の捜査官が車内から這い出てくる——急いでファーマンを追いかけるが、足取りはやはりおぼつかない。画面の外へと消えていく。

映像はそこで終わっていた。

「ファーマンはこの後、カーパークでシェアカーを奪って逃げました。銃を持って抵抗したため、捜査官もそれ以上は追いかけられず……」ロス補助官が、車両の参考画像を共有してくる。「車種は黒のフォード・フォーカス。まだ捕まっておらず、現在も逃走中です」

「つまり」ハロルドが開口する。「ファーマンは予め移送時の脱走を計画していて、運転を担当するかも知れない局内の警備アミクス全てに、誤作動が起こるよう仕向けたのですか?」

『現状一番有力な線でしょうね。ただセキュリティルームに出入りせずに、アミクスの設定を変えられたとは思えない。捜査局の中に協力者がいるのなら別だけれど』

「勘弁して下さい」ロスが声を高くする。「我々は潔白です」

エチカも頷いた。「可能性としては低いと思われます。ファーマンの機憶に、協力者の影は見られませんでした」

『ファーマン自身に訊くのが一番早そうね』トトキは仏頂面で、『最優先で彼の身柄を確保する。ロス補助官、ファーマンの位置情報とシェアカーの走行経路は？』

「位置情報は途切れていますが、走行経路のほうは何とか取得できました」

『途切れている？　どこかで絶縁ユニットでも入手したということ？』

「恐らくは。今お送りします」

再度、データを受信。イングランドの広域マップが、エチカの視界を埋める。ファーマンを乗せたシェアカーは、クロイドンめがけて真っ直ぐに南下し――彼自身の位置情報はそこで途絶していた。車は突如として進行方向を変え、再び北上したあとで西へ向かっている。ハイ・ウィカムを飛び越え、オックスフォードを経由し、そして――コッツウォルズにほど近いウィットニーに入ったところで、一切の情報が取得不能に陥っていた。

「コッツウォルズ一帯は技術制限区域なんですが、全域が指定通信制限エリアでして」

指定通信制限エリア――その知識は、エチカの頭にもあった。位置情報やインターネットなど通信網の遮断を目的とした、通信機能妨害装置が設置されている技術制限区域のことだ。たとえば機械否定派（ラッダイト）の生活圏でありながら、観光地としての役割を果たしている地域など、ユア・フォルマユーザーとの住み分けが難しい場所であることが多い。ともすればMR広告がたちまち参入しかねないので、技術制限区域としての体裁を守り抜くために、強制的なオフライン環境を作り出しているのだ。

どのみち、シェアカーの走行経路は隠せない。ファーマンは地の利を上手（うま）く利用して、追っ手を煙（けむ）に巻（ま）こうと考えたのではないか？

トトキが苛々（いらいら）と言う。『どうしてここに逃げ込むまでに止められなかったの？』

「要所要所に検問は敷きましたが、ことごとく迂回（うかい）されました」

『ファーマンの脳に、最新の予測システムが搭載されているとでも言いたいのかしら？』

「申し訳ありません」ロスは小さくなる。「言いにくいのですが……ファーマンが逃げ込んだコッツウォルズは、監視カメラやドローンの使用が禁止されていまして」

『でしょうね。駄目元で、州知事に使用許可を申請するわ』トトキは眉間を揉（も）んで、『地元警察にも協力を要請して、捜索部隊を編成しましょう。もちろん、あなたたち全員に協力してもらう。すぐに出発してちょうだい』

ああ——エチカは気が遠くなる。これでは、何もかも振り出しじゃないか。

コッツウォルズはロンドンの西北西——イングランド中央部に位置する丘陵地帯だ。古くは羊毛取引で栄えたそうで、数百年前から変わらない町並みは観光資源となっている。九二年のパンデミック以降、住民の多くが機械否定派へと転向していき、技術制限区域と化した。

それはいいとして。

「どう考えても探す範囲が広すぎる……」

エイダン・ファーマンの捜索活動は、地元警察と電子犯罪捜査局が範囲を分担する形で始まった。それも逃走車両の目撃情報を集めるなど、聞き込みを中心とした草の根作戦だ。時代錯誤も甚だしいが、他に手立てがない。

エチカはハロルドとともに、北部の小さな村を転々と巡っている最中だった——もうこれで五カ所目だが、今のところめぼしい成果は得られていない。

「この村にも目撃者はいないようですね」

「そもそもやり方が無茶なんだ。フォーカスなんて掃いて捨てるほど走ってるのに、いちいちナンバーを覚えている住民なんかいない」

エチカは毒づきながら、支局から借り受けたボルボのステーションワゴンに乗り込む。一応、捜査局の車両らしく諸々の機能を搭載してはいるが、捜索に役立ちそうなものはなかった。ついでに、オフライン下では自動運転機能も意味を為さない。

「仰る通りです」ハロルドも助手席に滑り込んできた。「住民はユア・フォルマ非搭載の機械否定派ですし、かといって観光客の機憶を当てにしようにも、聞き込み程度で電索を使用することは禁じられています」

エイダン・ファーマンが行方を眩ませたという現実だけでも十分頭が痛いのに――エチカはちらと、隣のハロルドを見やる。

一人でゆっくりと、気持ちを整理するつもりでいた。

それが結局、なし崩しに捜査に戻らざるを得なくなっている。

「そもそもファーマンがとっくに車を変えて、コッツウォルズを出ていたらどうする？」

「ロス補助官たちが並行して、レンタカーや盗難報告を見張っているのでしょう？　何の連絡もない以上、まだフォーカスで逃げ続けていると考えるべきです」

「だったら、人出の多い日中はどこかに潜伏しているわけか」エチカはそれとなく彼から目を逸らし、「夜までに捜索ドローンの飛行許可が下りなければ、厳しくなりそうだ」

「もしそうなったら、検問に賭けるしかありませんね。課長は、なるべく多くの町や村に設置すると言っていましたが」

「引っかかってくれることを願いたいけれど、難しいだろうね」

その後も複数の村を回ったが、一向にファーマンの足取りは摑めなかった。逃走に使われたというフォーカスは何台か見かけたのだが、何れもナンバーが異なる。車種自体、イングランドにおいて利用者の多い大衆車だ。これだけでも、捜索部隊に無駄足を食わせるには十分すぎる要素だった。もし意図的ならば、彼は頭がいい。

あまりにも意味のない時間だけが、刻々と流れ落ちた。

そうして収穫を得られないまま、エチカたちはついに、担当範囲である最後の村——バイブリーへと行き着く。コルン川に寄り添う小さな村だが、有名な観光地のひとつだ。教会やホテルなどが備わっていて、軽快な服装で楽しげに散歩する観光客が見受けられた。コッツウォルズは技術制限区域だが、独特の景観が観光地や別荘地として人気を集めている。所謂、デジタルデトックスを兼ねて来訪するユア・フォルマユーザーも多い。

エチカたちも観光客に混じって聞き込みをおこなったが、やはり、手がかりは得られずじまいだった。

ここまでか——さすがに、落胆を隠せない。

「他の捜索部隊に賭けましょう」ハロルドが励ましてくる。「成果は挙がりませんでしたが、最後にここに来られた我々は運がいいですよ」

「どういうこと？」

「バイブリーは、彼のウィリアム・モリスがイングランドで最も美しいと讃えた村です。実際、とても素晴らしい景観でしょう？」

エチカは立ち止まり、改めて辺りを見渡す。なだらかな坂に沿って立ち並ぶ家々は、全て、クリーム色の石灰岩で建築されている。屋根から突き出した煙突と、共生するかのように外壁に繁茂する植物――この地方はこうした旧時代の建築物を、そのまま受け継いで生き続けている。小道は穏やかな弧を描き、柔らかい緑の草花が、もうすぐ訪れる日没の気配にゆらゆらと揺れていた。途切れることのない小川のせせらぎと、すいすいと泳ぐ水鳥たち。

確かに、綺麗な場所だ。

いつの間にか、辺りから観光客の姿は消えていて。

ハロルドと二人きりになっていると気付き、エチカはわけもなく緊張を覚える。

「電索官」それを察したかのように、彼が口を開くのだ。「こんなことを言うのは差し出がましいと承知していますが……私に、謝る機会を与えて下さいませんか」

急に、何を言い出すかと思えば。

エチカはますます居心地が悪くなって、唇の内側を強く吸った。

「別にもう、謝らなくていい。きみがダリヤさんのことで焦っていたのは分かってる」

「ですが、あなたは私を許して下さっていない」

許していないわけじゃない――そもそも、許す許さないの問題ですらないはずだった。

何せ彼はアミクスであって、人間ではない。たとえば誠意の表し方一つをとっても、人のそれとは異なる。知覚犯罪事件の時に、十分に知らされたはずだ。

だから本当は、今更こんなことで思い悩むのはおかしい。

けれど――うっかり、傷付いてしまった。

「その……レクシー博士が、RFモデルはブラックボックスの範囲が広いと言っていた」

どう切り出すか迷った末に、そう口にした。

「ええ」彼は静かに頷く。「ただ、RFモデルに限定した話ではありません。システムが複雑化すればするほど、必然的にブラックボックスの範囲も広がります」

「そう……きみたちの場合は、それが人格的な成長を可能にしているって。つまり、単に見せかけの思考をしている量産型のアミクスと違って、RFモデルは自分の頭で考えている」

「アンガス副室長たちは信じていらっしゃいませんが、博士はそう仰いますね」

「わたしも博士と同意見だ。だから多分……」か細い糸のような言葉を、懸命に手繰り寄せる。

「これは副室長が言うところの、『擬人観』みたいなものなんだ。きみがわたしと同じ思考プロセスで物事を考えていないのは、理屈では分かる。でも、きみは本当に、他のアミクスよりも『人間らしい』から……」

知らず知らずのうちに、彼に人間と同じ価値観を求めてしまっていた——自分と同じ存在であると思い込むようになっていた。

アミクスに対する捉え方は、確かに変わっただろう。だが。

以前のように一歩引いていられたのなら、今、こうはなっていないはずだ。

「夕べのあれは……冷静じゃなかった。わたしはきみに、自分が望んでいる反応を返して欲しかったんだと思う」エチカはつい、胸元に手を触れて。「つまり……信頼して、頼って欲しかった。わたしはきみに、『対等なパートナー』だと思われたかっただけ」

地面に照り返す夕陽が、目に痛い。

「でもきみは、人間よりも賢くて理性的だ。それに優秀だから、自分一人で大抵のことは思い通りにできる。きみにとっては、目的を達成することだけが重要で、それは悪意でも何でもない。ただ純粋な動機で……相手が、駒として扱われたことに気付かなければそれでいい」

「不誠実だという自覚はあります」

「でもそれだって、わたしたちの価値観と比べた時にそう思うだけでしょう」

彼は押し黙る。

薄雲が流れてきて、ゆっくりと夕陽を呑み込んでいく。

互いの影が、溶けかけて。

「……電索官。あなたを傷付けてしまったことを、ひどく後悔しています」

アミクスの精巧な面差しは、見下すでも突き放すでもなく、ただ痛切な何かを押し込めるような無表情をたたえていて。

「私にとって、ダリヤは最も優先すべき存在です。ですがそのせいで、あなたを無下にするような選択を取ってしまった」凍った湖の瞳は、変わらず冷静だった。「ただ、これだけは信じて下さい。あなたを危険な目に遭わせるつもりは、少しもなかった。無事に戻ってきてくれて、安堵したのは本心です」

ファーマンのフラットから連れ出された時、ハロルドは抱きしめてくれた——あれは嘘じゃなかった。彼はあの時、確かに『安堵』を覚えて、エチカを迎えてくれたのだ。しかし、その感情は言葉の定義こそ同じだが、中身は人間のそれとは異なるかも知れない。

彼は日頃、人間と重なって見える。家族であるダリヤを愛する気持ちも、ソゾンを殺されたことへの復讐心も、ほとんど『人間』そのもので。

けれどやはり、違うのだ。

RFモデルに、中国語の部屋は当てはまらない。

だとしても——ハロルドは、どこか別の小部屋の住人だった。

「わたしはもっと、きみのことを理解しなくちゃいけないんだろうね」

口ではそう紡ぎながらも、絶望的なものがこみ上げてくる——きっと、理解し合うことは難しい。人間同士でさえ容易にはいかないことを、アミクス相手に為そうだなんて無謀だ。ましてや、これまで人付き合いを避けてきた自分にとっては、あまりに高い壁で。

それでもどうしてか、彼を解りたい、と思っている。

そうできたら、もう二度と危険に晒されることもないから？

そんなに単純なものではないはずだった。

小川の音色は、すすり泣きに似ていて。

「わたしたちは、どうしたら対等になれる？」どうしようもなく自嘲気味な笑みが、零れてしまう。「きみの心を覗けたらいいのにと、つくづく思うよ。電索で潜るみたいに、きみの思考に入り込めたらいいのに……そうすればきみが何をどう感じているのかも、感情も、全部」

――きっと、分かるのに。

先ほどまで泳いでいた水鳥たちは、知らぬ間にどこかへと飛び立っている。

「……そうですね」ハロルドは痛みでも覚えたかのように、眉をひそめていた。「私もあなたに潜れたらどんなにいいか……そうしたら、あなたのことを初めて、はっきりと理解できる気がします」

それはあまりにも、彼らしくない表現だった。

エチカはつい、怪訝な顔になってしまって。

「きみはとっくに、わたしのことを理解しているはずだ。姉さんの時だって」

「そういう意味ではありません、もっと……」彼は両目を細めた。眩しくて遠いものでも見つめるみたいに。「いいえ、やはりやめておきましょう。上手く伝えられそうにない」

ハロルドは曖昧に微笑んで、エチカに背を向ける――理由も分からず、胸を抉られた。

何で、そんなに悲しそうなんだ？

それも計算なのか？　それとも本物？

――本物って、何だ？

自分と彼の価値観を照らし合わせた時に、一体何を以てして、『本物』と言えるんだ？

探せども、答えは、どこにもなく。

夕暮れは燃え尽きる寸前の薪のように、黒く落ち始めている。

まもなく、夜が来る。

2

日没後。エチカたちは、バイブリーの古めかしいギフトショップを借り切っていた。外部との連絡手段、つまりは固定電話を確保するためだ。指定通信制限エリアではオンライン端末が利用できないため、昔ながらの電話線――店などに設置された固定電話に頼らざるを得ない。

閉店後の店内は静まりかえっていた。カウンターに置かれた電話機はダイヤル式で、取り扱いがさっぱり分からない。エチカはステッカーに書かれた説明を読みながら、重たい受話器を耳に当てて、トトキ課長にコールする――無事に繋がった。

収穫がなかった旨を報告すると、トトキも疲労のにじんだ声で返してくる。

『他の捜索部隊からも芳しい報告は上がっていないわ。ドローンの使用申請も通らないまま。ファーマンが動くとしたらそろそろだと思うんだけれど……これじゃ埒が明かないわね』

「検問はどうなりました？」

『大まかにしか設置できていない。本当は全部の町や村に敷きたいけれど、人手が足りないの。

大半を警備アミクスで補っている状態だから、強引に突破されたら何の意味もないわ』

「行動経路くらいは把握できると願いたいですが……」

『ファーマンの車は変わっていないと考えてちょうだい。盗難やレンタカー周りでも、それらしい情報は上がってきていない』

「分かりました」とにかくやるべきことをやるしかない。「わたしたちはこのまま一晩、バイブリーで張り込みます。何かありましたら、また連絡を」

ますます重たくなった受話器を、静かに置く——焦燥がせり上がるのを抑えきれない。

結局、一日費やして何一つ進まなかった。ファーマンはまだコッツウォルズに潜伏していると信じたいが、彼は絶縁ユニットを装着しているのだ。万が一の事態も有り得る。このまま逃げおおせられたら、それこそ取り返しがつかない。

しかし現状、できることは限られている。

エチカは歯噛みしながら、電話の前を離れようとして——突然、目の前にふわふわの白い塊が差し出される。びっくりして、思わず固まった。

「見て下さい電索官、とても可愛らしいですよ」

だんだんと焦点が合ってくる——ハロルドが手にしているそれは、羊のぬいぐるみだった。つぶらな瞳と、もこもことした触り心地のよさそうなフォルム。羊毛交易の歴史、ここに極まれり。

「売り物でしょ」エチカは、ぬいぐるみの棚を指差した。「元に戻して」

「支払いは済ませました」

彼はけろりと言う。見れば、カウンターにアナログなポンド紙幣が何枚か置いてあった──店主は既に自宅へ帰ってしまったあとなので、レジスターを開ける人間は誰もいないが。

「あなたに差し上げます」

エチカは戸惑う。「……急に何なの？」

「抱きしめていると、穏やかな気持ちになれるかも知れませんよ」

「羊を抱きしめるだけでファーマンが見つかるなら、穏やかな気持ちになれるだろうね」

「きっと見つかります。さあどうぞ」

「いやいい」

「遠慮なさらず」

「遠慮してない」と主張した時にはもう、エチカはぬいぐるみをぎゅっと抱きしめさせられていた。天然の羊毛がもっちりとしていて気持ちいい──じゃない！「いい加減にして。遊びで来ているわけじゃないんだから」

エチカはぬいぐるみを押し返し、引っ張り寄せた丸椅子に腰掛ける──ハロルドをちらと見ると、若干寂しそうな表情で羊の耳をいじっていた。何だか、こちらが悪いことをした気分になってきて。

駄目だ。どういう態度で彼と接すればいいのか、分からなくなっている。

ハロルドは何とか、普段通りに振る舞おうとしてくれているのに。

気付けば、沈黙が落ちている——照明を絞られた店内は、何となく侘しい匂いで満ちていて。日中は観光客の前で宝石のように輝くぬいぐるみも、蜂蜜の瓶も、ラベンダー製品も、パッケージングされた鱒のパテも、何もかもが色を失ったただの物に戻り、息をひそめている。

ごち、ごち、と秒針を刻む機械式時計。

エチカは落ち着かない気分をどうにかしようと、無理矢理に瞼を下ろし、

「電索官」

不意に、ハロルドが呼ぶ——目を開けると、彼はカウンターの横に立っていた。壁に掲示されたポスターを見つめている。技術制限区域には当然、MR広告は存在しない。代わりに、紙の広告ポスターがところどころに掲げられているのだが。

「何？」

ハロルドがあまりにもじっと見入っているので、エチカもポスターを覗き込む——平たく言えば、別荘の宣伝だった。コッツウォルズ特有の蜂蜜色の家が描かれたそれは、『歴史ある土地に家を持ちませんか』と語りかけてくる。ご丁寧に、バイブリー周辺の別荘地の地図まで掲載されていた。

デジタルデトックス志向の強いユア・フォルマユーザー向けに、指定通信制限エリアの土地

が売りに出されるケースは多い。コッツウォルズも例に洩れずということだろうが。

「このポスターがどうかした？」

「いえ」ハロルドは考えたように、一瞬黙る。「……車を出していただけますか？」

何だ？　ぬいぐるみの次は、家を買いたいとでも言い出すつもりか？

「無理だ、トトキ課長からいつ連絡があるか分からな――」エチカはそこで、ふと思い至る。

まさか。「……ひょっとして、何か分かったの？」

ハロルドは神妙な面持ちのまま、顎を引く。

「恐らくですが、今夜ファーマンが向かう場所を割り出せたように思います」

エチカは唖然とした――冗談だろう？


トトキにバイブリーを離れる旨を告げたのち、エチカたちはボルボに乗って出発した。

「それで」エチカはステアリングを握ったまま、助手席のハロルドを見やる。「何で、この別荘地のどこかにファーマンがやってくると思った？」

ハロルドの手には、ギフトショップから引き剥がしてきたポスターが収まっている。大雑把な地図に依れば、別荘地はバイブリーから数マイル以内に、四カ所点在しているようだ。

「コッツウォルズには、わたしたちの捜索の手が及んでいる。本来なら一刻も早く脱出したいはずだ。なのにきみは、ファーマンがこの別荘地に寝泊まりすると考えている」

「そうです」

「理由は？」

「幾つか思い当たる節がありまして」

彼はそれだけを答える——また作戦を秘密にするわけか。エチカはため息を呑み込んだ。ハロルドが詳しく話そうとしなくても、往々にして彼の推理は正解を引き当てる。今回も、何か根拠があってのことだろう。

今は信用するしかない。

裏切られたばかりだというのに、結局そうせざるを得ないのだ。

こうやって延々と彼に翻弄されるのだろうな、と思う。

地図を頼りに、各別荘地を転々とする。次から次へと三カ所を巡ったが、探し求めているフォーカスはおろか、ファーマンの影すらも見当たらない——再びボルボに乗り込み、最後の別荘地を目指して移動を始める。基本的に道は一本で、地図を確認する必要さえないほど単純だ。この地方の道路に、ロンドンのような複雑さは一切ない。

辺りの車通りはすっかり絶えて、濃厚な暗闇がべったりと張り付く。バイブリーを出た頃には薄暮だった空も、今では憂鬱な夜に塗り上げられていた。

「次で最後だ」

「ええ。もしファーマンが見つからなければ、私の当てが外れたことになります」

「もしくは、補助官の推理が先回りをしたかだね」ハロルドが腑に落ちていないようなので、付け足した。「だから……きみが外すことなんてそうないでしょ」

わざわざ言わせないで欲しい。エチカはどうにも気まずくなる——だが、彼は調子づくわけでもなく、どうしてか力なく微笑(ほほえ)んだ。

「確かに捜査では稀(まれ)ですが、あなたに関しては頻繁に推測を外していますよ」

今度は、エチカがまばたきをする番だった——どういう意味だ、それは。

やがて家々が飛び去り、隙間だらけの並木へと変わる。その先の広大な牧草地は空っぽで、今や羊の姿は見られない。遠くに、土地を区切る石垣が横たわる。

モーターの響きだけが、行き場を見失ったように飽和していて。

自分たちはこのまま、どこへ向かうつもりなのだろうか？

今だって振り回されている。答えは出ていた。結局のところ、対等になんかなれない。

それでも——と考えてしまうのは、人間である自分の業なのか？

ふと、前方に光が現れる。直線に続く道路の果て——対向車が一台、こちらへとやってくるところだった。久しぶりに自分たち以外の車を見た。

「……あなたが仰(おっしゃ)った通り、やはり私の推理が先回りをしたようだ」

ハロルドが息を詰めたような声を出す。

「——フォード・フォーカスです」

彼の視覚デバイスを以てすれば、このくらいの距離と暗闇は問題にならない。

何だって？　エチカはとっさに、ダッシュボードの暗視機能付き双眼鏡を手に取る——確かに、黒のフォーカスだった。探し求めていた姿形が、今まさに走ってくるではないか。フロントガラスは黒く塗り潰され、運転手の姿は窺えない。

だがナンバーは、

「——逃走車両と一致しています」

紛れもなく、エイダン・ファーマンが奪ったシェアカーだった。

やはり、彼は外すことを知らない——ようやく見つけた。

ここで、逃がすわけにはいかない。

「補助官、ちゃんと掴まっていて」

「…………」ハロルドは何かを察したらしい。「お手柔らかにお願いできますと」

こちらの正体に気付いていないのか、ファーマンの車は迷うことなく近づいてくる。かなりの速度だ。ボルボと、フォーカスの距離が徐々に縮まり——エチカは、ダッシュボードのパネルを操作。捜索時は役に立たないオプションばかりだと辟易したが、こうなれば話は別だ。オフラインでも使用可能な、追跡アシスト機能を起動。

車がすれ違う。

瞬間、エチカはステアリングを切った。

強力なアシストが作動し、ボルボの車体が急旋回。吐きそうな遠心力。タイヤが派手なスキール音を上げて、静寂を切り裂き——フォーカスの後方に、ぴたりとつける。警告をおこなおうと拡声器へ手を伸ばし、

突如として、フォーカスが加速した。そのまま何と道路を外れて、逃げるように牧草地へと飛び出していくではないか——逃走自体は想定の範囲内だ。もとより暢気に追尾させてくれるとは思っていない。

だがまさか、そうくるとは。

「無茶苦茶だ」エチカは舌打ちを堪えた。「一体どこへ行く気？」

「電索官、取り逃がします！」

「分かってる……！」

エチカは再びステアリングを回す——フォーカスに続き、牧草地へと滑り出す。がたん、と突き上げるような衝撃は無視した。もはや四の五の言っていられない。草地に出た途端、車内はがたがたと怯えるように揺れて。

ハロルドが独りごちる。「ニーヴァをこちらに持ってくるべきでしたね」

「これも一応オフロードには耐えられるはずなんだ！」

躍起になってアクセルを踏み込むが、思うように速度が出ない。千切れた草が舞い上がり、フロントガラスを滑っていく。どんどんと引き離される——駄目だ。エチカは今一度、ダッシ

ユボードのパネルに触れた。安全制御システムを開き、速度制限のリミッターを解除。

ハロルドがぞっとしたように呟く。「ご冗談を……」

――当然、冗談などではない。

途端に、アクセルがぐんと深く沈む。

ボルボが跳ねるように速度をまとう。フォーカスがぎゅっと、吸い寄せられるかの如く近づいてきて。サポートの効いたステアリングを操作し、車体をぎりぎりまで寄せていく。とにかく相手の動きを止めなければ――前方に、牧草地を仕切る石垣が迫りくる。

チャンスだ。

フォーカスはとっさにブレーキを踏んだようで、減速――追いつく。アシストに頼り切ったボルボの鼻先が、フォーカスの横腹に届く。押し出すようにぶつけた。嚙みつく反動。相手の車体が均衡を失う。フォーカスは、大きく弧を描くようにしてスピン。下草が盛大に舞い上げられ、跳ね散らかって。

エチカは素早く、ボルボを停車。

これで、止められたはずだった。

だが――フロントガラス越しのフォーカスは、持ちこたえていた。そのボディは大きく凹んで痛々しい。にもかかわらず、平然とこちらへ向き直ってみせる。ヘッドライトが、猛禽類のそれのようにぎらついて。

嘘だ——何で体勢を立て直せる？　ファーマンにそんな技術が、

「電索官！」

瞬きの間に、フォーカスが迫る。真っ白。激突。フロントガラスに亀裂が入り、エチカの体は思い切りシートに叩き付けられた。エアバッグが開く——まさか反撃してくるとは。目の前がちかちかと飛んでいる。軽い脳震盪か？

——ふらついている場合じゃない。

エチカはほとんど感覚だけで、アクセルをふかした。

だが、ボルボはのろりと踏み込んだだけで、走り出そうとしない。蜘蛛の巣のようにひび割れたフロントガラス越し——大きく拉げたボンネットが見て取れる。モータールームが完全にやられていた。最悪だ。

「大丈夫ですか」ハロルドの声が、やけに反響して聞こえる。「電索官、ご気分が？」

「平気だ」エチカは言いながら、シートベルトを外した。「降りよう。足を探さないと……」

若干よろめきながら、車外に出る——草地の青い匂いを嗅ぎながら、無残な有様のボルボに寄りかかった。戻り始めた視界で、周囲を見渡す。

フォーカスのテールランプは石垣に沿って、遥か彼方へ走り去ろうとしていた。

完全にしてやられた。

あと少しで捕まえられたはずなのに。

ハロルドが降りてくる。「ファーマンの車もダメージを受けています。遠くへは行けない」

「だとしても、徒歩で追いかけていたらどのみち逃げられ……」

エチカは言いながら首をめぐらせ――石垣の延長線上に、ぽつんと佇む民家を見つける。この牧草地の所有者だろうか。丁度、ガレージの電気がぱちりと点灯したところだった。騒動を聞きつけたらしい住民が、怒声を上げながらこちらに歩いてくる。

「さしずめ、我々は不法侵入者のようですね」ハロルドが億劫そうに軽口を叩く。「どうします、フットパスを車で散策していたとでも言い訳しますか？」

だがエチカは――ガレージに置かれた、一台のピックアップトラックに釘付けだった。

「補助官、あれだ」


住民から借り受けたピックアップトラックは、生き生きと牧草地を横切っていく――フォーカスの轍は、草をなぎ倒すようにしてはっきりと刻みついており、ユア・フォルマのマーカー機能が使えずとも十分に視認できた。

「地元の方が捜査に協力的で助かりましたね……と言いたいところですが」運転席のハロルドがちらと、呆れたような目を向けてくる。「あれはほとんど脅迫でしたよ。私にお任せ下されればよかったのに」

「時間があればそうしたよ」エチカは罪悪感で首を竦める。住民はかなり頭にきた様子だった。

なのにこちらは詫びるのもそこそこに、IDカードを突きつけて半ば強引に協力を要請したのだ。「彼の家にもし電話があれば、捜査局に苦情がいっただろうね」

「おや、公衆電話をお忘れですか？　バイブリーではまだ生きていますよ」

「…………」

「私が上手く取りなしておきましょう」

「それはどうもありがとう」

言い返しながらふと我に返る——いつの間にか、彼といつものように話せている。こうやって少しずつ、ぎこちなさを忘れていけるだろうか？

——今考えるべきは、ファーマンのことだろう。

空に張り出していた雲が割れて、月明かりが降り注ぐ。牧草地を、銀色に染めていく。ピックアップトラックは、あまりにも広い大地を、淡い影を連れてのびのびと走る。

やがて行く手に、染みのような黒点が見えてくる——近づくにつれ、それがフォード・フォーカスだと分かった。バンパーはぶら下がり、ボンネットは柔らかい布のようにしわが寄っている。あちらこちらが凸凹になった哀れな姿で、乗り捨てられていた。

エチカたちはピックアップトラックを降りて、警戒しながら車に近づく。だが、人の気配はない。無人のようだ。既にファーマンは逃げ去ったあとということか。

「電索官。これを」

ハロルドが足許を指差した——目を凝らすと、下草の上にぽつぽつと何かが垂れている。

「何？」エチカは屈み込んで、それに触れた。ぬるりとした感触とともに、指先が真っ黒く色づく。匂いを嗅ぐ。オイルのような、独特の臭気。「……循環液？」

「そのようです。運転席のシートにも付着しています」

ハロルドの言った通り、運転席——具体的にはヘッドレスト付近——にも、同様の循環液が染み込んでいた。

……どういうことだ？

「運転手はファーマンのはずだ」エチカは戸惑いを隠せない。「このフォーカスは、間違いなく彼が奪ったシェアカーでしょう。なのに、どうして循環液が？」

「私にも状況が呑み込めませんが……」

ハロルドが視線でそれを示す——下草を汚す循環液は、道標さながら牧草地を渡っているらしかった。さほど遠くはない場所に、影絵のように寄り集まった数軒の民家が見える。

地理を考慮しても、自分たちが目指していた最後の別荘地で間違いない。シーズンから外れているせいなのか、一軒たりとも明かりは灯っていなかった。

エチカとハロルドはどちらからともなく、視線を交わす。

「我々の追跡から逃れたと思い込んだのでしょうが、無駄なあがきでしたね」

「ああ——行こう、補助官」

そっと、脚の銃を抜く。

3

別荘地の中に点々と残された循環液は、一軒の民家へと迷うことなく続いていた。

家の前には、カーカバーがかかった一台の車が停まっている。動いた形跡はない——建物は景観に馴染むよう、わざと古めかしくデザインされていた。が、それ自体は比較的新しそうだ。コッツウォルズ地方特有の石灰岩を用いた外壁に、セージグリーンの玄関扉が美しい。ドアノブにべったりと黒い循環液の跡が残されていなければ、尚のこと素晴らしかっただろう。

エチカは分からなくなってくる——自分たちはずっと、エイダン・ファーマンを追いかけていたはずだ。なのにここにきて、相手が何者なのかが判然としなくなりつつある。

しかし、引き返すわけにもいかない。どのみち、すぐに応援を呼べる状況でもない。

足音を殺して、玄関扉へと近づく。木製という造りからしてさほど頑丈ではなさそうだ。エチカは恐る恐るドアノブに手を伸ばし——施錠されていなかった。かといって、こじ開けた様子もない。相手は、この家の合鍵を所持しているということか？『負傷』していたがために、鍵をかけるのを失念した？

ハロルドが小声で問うてくる。「どうなさいます？」

取 間 る れ さ 定 想 ら か 観 外

「このまま突入しよう。きみは後ろからついてきて」

「注意して下さい。ファーマンは銃を持っています」

エチカは銃のグリップを握り直し、安全装置を外した。頭の中で、外観から想定される間取りを今一度確かめる。呼吸を整えて。ハロルドを一瞥すると、彼は頷き返してくる。

行こう。

そうっと、ドアを押し開けた。

エチカはすぐに銃を構えたが、返ってきたのは冷たい静寂と暗闇だけだ。息を殺して耳を欹てても、何も聞こえない——循環液は変わらず、床の上に落ちているようだった。だが、あまりに暗い。

「補助官」囁きかける。「見える？」

「左の部屋へと続いています」

エチカは、言われたとおり左へ——キッチンが待っていた。オーブンを備えた立派な作りで、食器棚のコップなどは全て二つずつ揃えてあるようだ。窓辺に固定電話。洗濯機は見当たらない。ダイニングテーブルには紙袋が無造作に置かれ、中の食料品が溢れ出していて——傍らに、縫合テープが散らかっている。循環液の痕跡はここで途絶えていた。

頭上からごとん、とかすかな物音が響く。

——二階か。

エチカは全身の神経を研ぎ澄ませて、ハロルドとともに階段を上った。正面にバスルーム、右手に二部屋、左手に一部屋――左から確認しよう。背中をハロルドに任せつつ、扉を開ける。ゲストルームだ。ワードローブの中までしっかりと調べたが、誰もいない。メンズ物の洋服がぎっしりと詰まっているだけ。バスルームが無人であることを確かめて、右手の二部屋へ向かう。片方は寝室だった。もう一方のドアは――作業部屋か。工作室に近い様相を呈している。

踏み込むと、つんと、油のような匂いが鼻をつく。サッシ窓から差し込んだ月明かりが、暗闇を辛うじて押しのけていた。壁に寄せられた作業台は広々としていて、洒落た内装に不似合いな卓上コンターマシン、家庭用3Dプリンタ、工具などが散らかっている。加えて、絶縁ユニットなどのデバイスが放り出されていて――何だここは。

エチカは走査するように視線を巡らせ――床の上に横たわったそれに、気付く。

瞠目した。

見間違えようもない、エイダン・ファーマンだった。両手両足をがっちりとロープで縛り上げられ、転がされているではないか。口には轡まで嚙まされていたが、目隠しはしていない。うなじのポートに、何かのＨＳＢが挿し込まれている――どういうことだ。彼はあの時、逃走を図ったはず。

それが何で、ここで監禁されている？

ファーマンは意識があるようで、のろのろと顔を動かす。憔悴しきったその瞳が、エチカとハロルドを交互に捉え——それだけだった。身じろぎする気力もないらしい。

「どういうこと？　彼はずっとここにいたの？」

「分かりません」ハロルドはこちらを見ない。「だとすれば我々が追いかけていたのは、ファーマンではなかったことになりますが」

「でも、この家には彼以外に誰もいない。あの循環液は何だったんだ？」

「本人に訊ねるのが最も手っ取り早いのでは？」

確かにその通りだ。エチカは銃を脚のホルスターに押し込んでから、ファーマンの傍らに膝をついた。手を伸ばし、轡をほどく——つい先日とは、まるきり逆だった。

「ファーマン」エチカが呼びかけても、彼は朦朧とした様子で反応を示さない。「あなたは、捜査局の警備アミクスを改造して逃走したはずだ。一体ここで何があった？」

ファーマンは薄目を開けて、か細い呼吸を繰り返している。こちらの声が聞こえているのかどうかも怪しい。

「薬を盛られているかも知れない。課長に連絡して救急車を……」

ふと、ファーマンが小さく声を洩らす。乾いて血の滲んだ唇を、どうにか震わせていて。

「痛い」掠れきったそれを、何とか聞き取る。「ほどいてくれ……」

エチカはようやっと思い至り、ファーマンのロープを確かめる——長時間、同じ体勢で拘束され続けていたようで、皮膚が痛々しく鬱血していた。ともすれば、捜査局の管理体勢に問題があると見なされかねない状態だ。とても、容疑者の人権に配慮しているとは言えない。

実際、彼は衰弱している。

「電索官。これを」

ハロルドが工具の中から、鋸歯状ナイフを見つけ出す。エチカは受け取って、ファーマンの両手を拘束しているロープを切り落とした。両足はそのままにしておく。万が一にも立ち上がって逃げられては困る。

「ファーマン」エチカは今一度、彼を覗き込んだ。「質問に答えて。ここで何が――」

その時だった。

耳を劈くようなうねり――銃声だと理解した時には、エチカの肩口を熱が掠めて、窓ガラスが砕け散っていた。振り向く。部屋の入り口に立った人影が見えて。続けざまに閃く銃火。とっさに飛び退いた。勢い余って、作業台にぶつかる。ばらばらと工具が床に散らばり――ああくそ、どこに隠れていたんだ！

「電索官、下がって！」

エチカはぎょっとする。ハロルドが人影に摑みかかったところだった。しかし相手も激しく暴れる。黒いレインコートのフードを目深にかぶっていて、人相が見えない。だが床の上に、雨のように舞い散る循環液が――そうか。アミクスであるハロルドが制止できるということは、相手は人間じゃない。

だが、何故（なぜ）。

ハロルドが、その手首を捕らえた。アミクスは抵抗する。傷が開いたのか、黒いそれが滴り続け——銃が吠（ほ）える。天井の照明器具を破壊。彼は怯（ひる）まず、捻（ひね）りあげた。アミクスが銃を取り落とし——ファーマンが捜査官から盗んだ、自動拳銃（フランマ）[15]。

ハロルドは更に、相手を強引に床へと引き倒す。起き上がろうとするそれに馬乗りになる。もはや制止の域を超えているのでは。もがくアミクス。そのフードが剝がれ落ちて、

——嘘（うそ）だろう？

途端に、エチカは動けなくなる。

フードの下から零（こぼ）れ落（お）ちた髪は、暗がりにあって尚（なお）、光を損なわないブロンドだった。端正に作り込まれた面立ちは、まさしく芸術作品だ。硬く引き結ばれた唇の下に、淡いほくろが。現れたアミクスの風貌は、ハロルドと寸分たがわず同じだった。

まさか。

有り得ない。

「……死んだはずだ」ハロルドが、怯（ひる）んだように呻（うめ）く。「マーヴィン、何故（なぜ）……」

それは紛れもなく、マーヴィン・アダムズ・オールポートだった。

ハロルドが皆まで言い終える前に、マーヴィンが拘束をほどこうと抗（あらが）う。その瞳は異様に見開かれ、一点を凝視するかのようにまばたきもせず——明らかに様子がおかしい。正気を失っ

ているのか？

エチカはとっさに銃を抜いて、

「いけません撃たないで下さい！」ハロルドが、どうにかマーヴィンを押さえつけようとしながら、「彼を確保して、メモリを解析するべきで――」

その時、マーヴィンの腕が別の方向へと動く。探るように床の上を這い――まだそこに転がっていた銃を手繰り寄せようと、
駄目だ！

エチカはトリガーを引き込んでいた。

発砲。部屋中が振動するほどに反響して――マーヴィンの腕を狙ったつもりだった。しかし弾は大きく外れ、その頭部へと吸い込まれる。そもそも自分は射撃が得意なわけではない。ましてやハロルドに命中することを恐れたせいで、軌道が大きく逸れたのだ。

がくりと、マーヴィンのボディが脱力する。

まるで糸の切れた人形のように、一切の活動が停止して。

静寂。

エチカは茫然と、銃を下ろす。両足が脱力して、思わずその場にへたり込む。

――やってしまった。

マーヴィンは、既にぴくりとも動かなかった。割れた頭からどす黒い循環液が漏れ出して、

じわじわと床を蝕(むしば)んでいく——理由の分からない吐き気が、勝手にこみ上げてくる。

「電索官」

ハロルドが、マーヴィンの上から立ち上がる。幸いにして、彼に怪我(けが)はないようだった。

「ごめん、その……」エチカはどうにか言う。「殺すつもりはなかった。腕を狙おうと」

「いいえ、判断を誤ったのは私のほうです」彼は変わらず、冷静だった。「あの状況では、これを確保すること自体に無理がありました」

「そうじゃない」それだけではない。「きみの、兄弟なはずだ。もし本物なら……」

ハロルドはじっと、事切れたマーヴィンを見つめる。「確かに、本物です」

「どうしてここに？　彼がファーマンを監禁していたの？」後味の悪さとともに、疑問が膨れ上がる。全てが意味不明だ。「テムズ川で見た死体は、偽物(にせもの)だったということ？」

「状況は幾つか考えられますが——エチカ！」

ハロルドが叫ぶ——背後から、大きな手がエチカの首を絞め上げた。起き上がったファーマンだ。信じられない。まさか、さっきの衰弱した様子は全部演技——振りほどくいとまさえない。

一瞬にして、ぎゅっと視界が歪(ゆが)む。壮絶な力に気道が圧迫され、呼吸が。

目の前が眩(くら)んで。

あっけなく、ふっつりと途絶えた。

ハロルドは茫然とする。エチカの華奢な体が脱力して、ぐったりとその首が傾ぐ――彼女が意識を失ったことを悟ると、ファーマンはエチカを床に横たわらせた。今し方の攻撃的な行動とは裏腹に、恐ろしく丁寧な仕草で。

「すまないね、電索官」

彼は心底申し訳なさそうに言ってから、自分の両足を縛っていたロープを切り落とす――ファーマンの芝居は、あまりに完璧だった。いや実際に芝居ではなかったのだろう。長時間の監禁で、彼の体調が思わしくないのは傍目から見ても明らかだ。今にも倒れそうなほど顔色が悪い。

だが、見抜けなかった。

一度ならず、二度も不意を突かれることになるとは。

「どこへも逃げられませんよ、ミスタ・ファーマン」

ハロルドが低く警告しても、ファーマンはまるで聞こえていないかのようだ。彼は自らのうなじに手をやると、接続ポートに挿さっていたHSBを抜き取り、作業台に置く。

違法取引されている機憶工作用HSBか――やはり、推測は間違っていなかった。

だが彼女は、自分で自分を苦しめることになったようだ。いやそれは、迂闊にここまで辿り着いてしまったハロルドとて同じか――思考を巡らせている間にも、ファーマンは作業台の絶

縁ユニットを手に取り、うなじのポートに装着する。自らの自由を奪っていたロープを拾う。そうして、

今度はそれを、エチカの胴体へと巻き付け始めるではないか。

「ミスタ」ハロルドはどうにか踏み留まる。「……彼女に何をするつもりです？」

「拘束するだけだ」彼の声は変わらずか細い。「目が覚めた時、すぐに逃げられないように」

「私が認めるとお思いですか？」

「だがアミクスの君には、止められないだろう。僕が彼女を縛り上げようと、極端に言えば殺そうとしても、ただそこで見ているしかない。人間を攻撃してまで、制止することはできない」ファーマンはそこで手を止めて、じっとこちらを見つめてきた。「それとも——できるのかい？　今マーヴィンにした以上のことを、僕に対して」

ハロルドは押し黙るしかなかった——寝かされたエチカの傍で、彼女の銃が手招くように光る。振り向けば、マーヴィンが取り落としたそれもある。しかし無理だ。自分には、この人間を脅迫できない。

不意に、ダリヤの姿が浮かんだ。

——それでも、駄目だ。

「ハロルド、君は賢明なようだ」

ファーマンが手許に目を戻す——彼は淡々と、エチカをロープで縛り上げていく。ハロルド

はもどかしさを堪えて、顔を伏せた。

　致し方ない。

　今は、正しい選択をするべきなのだ。

　ファーマンが呟く。「捜査局は僕の行動を、レクシーへの恨みからだと考えているようだ」

「電索官はそうは考えていません、あなたの機憶を通じて何かが違うと気付いている」

「だが、彼女は僕の頼みを聞き入れなかったね。古い機憶まで遡れと言ったのに」

「電索には様々な規定がありますので」

　尤も、エチカは違和感こそ覚えていたが、ファーマンの本当の狙いを見抜けなかった——それでいい。彼女は、何も知らなくていいのだ。知ってしまえば、エチカは何れ自分にとっての障壁となる。

　何より、彼女自身も苦しむことになるはずだった。

「仮にヒエダ電索官が規定を無視し、あなたの機憶を遡ろうとしても——私がさせなかったでしょう」ハロルドは静かに言い、「あなたの目的は理解しています、ミスタ」

　ファーマンはエチカを拘束し終えると、落ちていた彼女の銃を拾い、ベルトに挟み込んだ。散らばっている工具の合間を縫うようにして、ゆっくりと部屋を歩き回り始める。

「僕は君の頭の中を知っている、ハロルド」

　ハロルドは口を閉じていた。

「君は自覚していないかも知れないが、ＲＦモデルは危険だ。レクシーは僕やノワエ社だけでなく、倫理委員会にまで嘘を吐いた……君さえよければ、協力してくれないか」

「あなたが何をお考えでも、協力できません」ハロルドは冷静に反駁する。「私は電子犯罪捜査局の所属です。ヒエダ電索官の拘束を許したのも、ひとえに、あなたを攻撃する以外に止める方法が見当たらないからだ。あなたの考えに賛同したわけではありませんよ」

「分かった」ファーマンは立ち止まり、「――ならこうしよう」

彼の手が素早く、工具の中からネイルハンマーを拾い上げる――鈍重なそれが両脚めがけて打ち下ろされるのを、ハロルドはぼんやりと見ていた。こうなるだろうなとは、薄々予測していた。だが、アミクスは武器を持った人間ですらも攻撃できない。敬愛規律はそう定めている。

だから、抵抗しなかった。

ハンマーが、膝の可動を担っているアクチュエータを直撃――アミクスの構造を完璧に把握している彼だからこそ叶う、的確な攻撃。骨が砕けるかの如く、内部で粉砕される。システムに依るパーツ認識が損なわれ、盛大なエラーが排出されて。

聴覚デバイス内に飽和する警告音を聞きながらも、体が崩れ落ちるのを止められない。

ハロルドはなすすべもなく、衝撃を相殺する行動を取ることもなく、ただ人形が倒れる時のように真っ直ぐ――床へと叩き付けられた。

「すまない」

続けざまに、ハンマーが両手へと降ってくる。躊躇なく、五指の関節を完全に潰され——勢い余って、幾つかの指が千切れた。どう考えても力を込めすぎだ。迅速に痛覚を切っていなければ、どうなっていたことか。

ぼたりと、目の前に転がった小指を眺めて。

ファーマンは、ハロルドの手がすっかり使い物にならなくなったことを確かめてから、ハンマーを投げ捨てた。

「車の鍵を探してくる、家のどこかにあるはずだ」外でカーカバーをかけられている、あの車のことを言っているのだと分かった。「ハロルド、二人でドライブに行こう」

どこへ連れていくつもりだ、などと問いかけるのは愚問だろう。ハロルドはその場に横たわったまま、部屋を出ていくファーマンを見送る——ああ、恐らく状況は最悪だ。

だが、思考はまだ冷えている。

システムの診断を実行——破損パーツがずらりとリストアップされる。幸い、循環液の漏出は起こっていない。試しに、落っこちている小指をくっつけようとしたが、もちろん無駄な努力だった。どうしようもない。

「電索官」

小声で彼女を呼んでみる——変わらず、目を覚ます気配がない。ハロルドはどうにか肘を立てて、倒れているエチカへと這い寄った。細い体に巻き付けられたロープの結び目を、目視で確かめる。硬くてほどけそうにない。

目と鼻の先に、鋸歯状ナイフが転がっていた。

——これしかないとは。

ハロルドは肘で何とかそれを引き寄せた。グリップを口に咥えて、ロープに刃を押しつけてみる。当然、上手くいかない。それでもどうにか、切れ目を入れようと躍起になって——言い表せない『後悔』が、こみ上げてくる。同時に、エチカを拘束させることを許した自分に、うんざりとした。

ああするしかなかったと分かっている。

だが——愚かだった。間違いなく。

自分は本当に、彼女をひどい目に遭わせてばかりだな。

やがて、ファーマンの靴音が階段を上ってくる。ハロルドはナイフを離した。押しやるようにして、遠ざける。ひとまずは及第点だ、あとはエチカが意識を取り戻してくれることを願うしかない。

彼女の顔を見つめる。

人間の閉じられた瞼は、あまり、好きではないなと思う。

戻ってきたファーマンは、有無を言わさずハロルドを引っ張り上げた。動けなくなったこちらを背負うようにして、部屋から連れ出す。彼はひどく慎重で、重たいハロルドを取り落とす

まいと、ゆっくりゆっくり階段を降りていく。

対してこちらは特にすることがない。何となしに彼の、絶縁ユニットが挿さったうなじや耳を眺めて——自分と全く同じ形であることに、今更ながら奇妙な気分になる。皮膚に生まれつつあるかすかな劣化も、自分が年を取る存在だったらこうなるのだろうか、と思わされる。

それは一体、どんな気分なのだろう。

もしも人間に生まれついていたら、彼のような人生を送っただろうか？

どうでもいいことに思考を割いてしまうのは、わずかながらも不安を覚えているからかも知れない——策を立てる必要があった。だが、この状況でどうやって？　せいぜい、祈るのが精一杯ではないか？

「博士は何故、あなたの容姿をそのまま私に使用したのでしょう？」ハロルドは問いかけてみる。「通常は、複数の人間を掛け合わせます。ましてや私は女王陛下への献上品です」

ファーマンは答えない。踊り場を行き過ぎて、もう一度階段に差し掛かる。

「彼女は、私のパーツの中で顔が一番好きだと仰います。何か関係がありますか？」

「黙ってくれないか」

ファーマンは突き放すようにそう言っただけだった。

彼は玄関を出ると、真っ直ぐにカーカバーを外した車へと向かう。シトロエンのアンティークだ。後部座席に押し込まれたのち、その手がうなじへと伸びてくる。人工皮膚の下に埋め込

まれた、強制機能停止用の感温センサを押さえつけられて、
約十分間に及ぶ、機能停止プロセスが開始される。
意識が急速に低下していく。
最後に頭をよぎったのは、やはり――あの素直でない電索官のことだった。

4

目を覚ました直後から、エチカは割れんばかりの頭痛に襲われた。

一体何がどうなった？　確か突然、ファーマンに首を絞められたのだ。まさか気絶していた？　呻きながら身を起こそうとして――両腕ごと胴体を縛り上げられていることに気付く。

何だこれは。

ユア・フォルマの表示時刻を確認。気を失ってから、さほど時間は経っていないようだ。傍らには、マーヴィンの亡骸が倒れたままになっていて――だが、ハロルドとファーマンの姿がない。家の中には、水を打ったような静けさだけが満ちている。

――まさか。

エチカは急速に状況を理解し、鳥肌が立つ。そうだ。自分が拘束されていることが何よりの証拠じゃないか――つまりエイダン・ファーマンは、ハロルドを連れ去った。だが、何のため

に？　今度はハロルドを人質に、レクシー博士を脅迫するつもりか？

すぐに追いかけなければ――エチカは拘束をほどこうともがいた。そうしながらふと、作業台の下に注意が向く。重たい暗闇がわだかまったそこに、何かが転がっている。何だ。じっと目を凝らしてみて、
それと、視線がぶつかった。

辛うじて悲鳴を呑み込む。

どうしてここに――いや、待て。

もしかして。

確かめなければならなかった。

エチカはどうにか、マーヴィンのほうへ這っていこうとした。途端に、ロープがぶちっと音を立てる。あっけなくはらはらとほどけていくではないか――どうやら、どこかに切れ目が入っていたらしい。経年劣化か、偶然かは分からないが、運が味方してくれている。

ロープを引き剝がすようにして払い落とし、今度こそマーヴィンの死体に近づく。その右手に触れる時、わけもなく緊張した。ゆっくりと持ち上げてみて――予想していた通りのものが、そこにあった。

決定的だ――描き出すかのように、何もかもが的確に結び合わさっていく。

エイダン・ファーマンは、始めから狂ってなどいない。

彼はずっと、真実を主張し続けていただけだ。

手札はとっくに揃（そろ）っていたのに。

ただ——どうしたって信じられなかった。

とにかく、ファーマンを追うしかない。よろめきながら立ち上がる。脚のホルスターに手をやった。銃がない、気絶する寸前に取り落としたのだ。だが室内を見回してみても、自分の銃はおろか、マーヴィンが使っていた自動拳銃（フランマ15）さえどこにも見当たらず——どちらもファーマンが持ち去ったのだろうか？　それだけでなく作業台の上の絶縁ユニットも消えていた。

周到だな。

苛立（いらだ）つが、どうしようもない。

エチカは部屋を後にして、一階に降りた。玄関扉は薄く開いたままになっている——外を覗くと、路上にカーカバーが投げ捨てられていた。停（と）まっていたはずの車は、忽然（こつぜん）と消えている。

つまり、ファーマンはそれで逃げ去ったわけだ。

ふと、キッチンに放置されている固定電話を思い出す。

トトキに連絡するべきだった。応援を仰ぐ必要がある、こういう時に単独行動は決して推奨されない——だが。エチカは首に手をやる。絞められたそこは、未（いま）だに鈍く痛んでいて。

とてつもなく嫌な予感がする。

言い知れぬそれが、打ち付けるようにして主張してくる。

今はまだ——誰にも知らせるべきではない、と。

エチカは家を離れて、牧草地に置いてきたピックアップトラックへと急いだ。静まりかえった辺りに、自分の足音だけが空しく谺する。夜空は全てを呑み込むほどに広く、朝を遠ざけようとするかのように覆い被さったままで。

——『システムコードを解析したり改造するとなるとそうはいかないからね。必ず、専用のメンテナンスポッドが必要になる』

ファーマンが向かうとすれば、間違いなくあの場所だ。

YOUR FORMA
第四章——女王の三つ子

1

毎日のように、始まりの日を思い出す。

エルフィンストン・カレッジの回廊中庭には、林檎の樹がある。季節が巡る度、白く可愛らしい花が咲き誇り、風にひらひらと雪のような花弁を散らすのだが——その頃になると彼女は決まって木陰に座り、船を漕ぐ。そういう人だった。複数の出来事を結び合わせて、自分の中に法則やルールを築き上げようとするのだ。

花が咲いたら、昼休みにここでうたた寝をする。

賢い彼女が自分に組み込んだ、恐らく最も馬鹿馬鹿しい法則。

しかも厄介なことに、午後の講義が始まる前に彼女を起こすのは、自分の役目だった。

「レクシー」

その日の中庭には日差しがたっぷりと注いでいて、珍しく通り雨の気配はなかった——レクシーは昨日と同じく、林檎の樹の下にいた。ただし今日は様子が違う。いつもなら口を半開きにして眠っているのだが、きちんと目を覚ましていた。

「エイダン」彼女はぱっと微笑んで、「やっと来た。一体何時間待たせるつもり?」

「いつも通りのはずだ」ファーマンは思わず、ユア・フォルマの時刻を確かめてしまった。

「えらく嬉しそうだな、また学会で褒められたのかい？」

「おい、君は何年私と一緒にいるんだ？」

慌てて言い足した。「今のはジョークだよ、本気にするな」

「ならよかった」レクシーは唇を尖らせて、「あんな場で認められるために研究を続けている奴がいるとしたら、多分相当な幸せ者だよ」

歯に衣着せぬ物言いと明晰な頭脳のせいで、彼女には敵が多い。カレッジ内でも、対等に話せる友人は自分だけだというのだからどうしようもない。才能があればこそ許される態度だ。

「それより見てくれ。ほら、こっち」レクシーが手招きする。言われたとおり、彼女の隣に腰を下ろす――ふわりと、青みがかったブルネットの髪からシトラスの香水が香った。しかもよく見れば、落ちてきた花びらがくしゃくしゃと絡まっている。「例の研究なんだけれど――」

「レクシー、君は本当に子供みたいだな……」

ファーマンは呆れながら、彼女の髪についた花を払ってやった。カレッジの中で、これほど身だしなみを気にしない女性を他に知らない。年頃なのだからもう少し綺麗にすればいいものを――レクシーを見ると、とてつもなく胡散臭そうな眼差しをこちらに突き刺していた。

「今さ、すごく嫌なことを思い出したよ」

「何だいきなり」

「この間、別の研究室の子とデートに行ったんだって？　何か、これ見よがしに私の目の前で噂していた奴らがいたから嫌でも聞こえてきたんだけれど」

考えて、思い至る。「まさか、買い物に付き合ったことか？　いや彼女、弟のプレゼントを選びたいって言うから手伝っただけ……」

「あのさぁ。普通に考えてプレゼントくらい、ECサイトでAIのアドバイスを参考にしながら買えばいい。そうだろ？」

「…………確かに」

「そういうところだよ」レクシーは苛々したように髪をかき混ぜ、「君はもっと、爆弾を抱えて生きていることを自覚してくれ。あんまりこう、誰にでも優しくするのはやめたほうがいいって」

「爆弾……」ファーマンは思わず、自分の胸元を見下ろした。「どこに？」

「主に首から上だよ、外も中も素晴らしい出来映えだ」

「ありがとう、ただ僕の頭は爆発しないんだが」

「比喩表現って知ってる？」彼女は呆れたように眉を上げて、「いいかい、君がどこぞのしょうもない女に引っかかったら私が困る。少し考えれば分かることだろう？」

ファーマンはまばたきを止めてしまう――待て。今、彼女はさらりとんでもないことを言わなかったか？　それはつまり、いやまさか、でも。

「エイダン、私の話についてこられるのは君だけなんだよ」レクシーは至極真剣な表情で、

「もし君に恋人ができたら、私は多分ものすごく退屈になる。親友をそんな憂き目にあわせるつもり？」

　まあ、そうだろうなとは思った。ファーマンは落胆を押し隠す。レクシーは勉学に傾倒していて、学生らしい遊びにも興味はなく、色恋に関しては根本的に組み込まれていない。母親の腹の中に置き忘れてきたどころか、そもそもそこに存在したかどうかすら怪しい始末だ。

　ましてや、こちらが彼女をどう思っているかなど、一生気付かないだろう。

「レクシー、その願いは相当わがままだな。僕だって何れ誰かと付き合うし、結婚するのに」

　途端に、彼女は薄目になった。「君は、そういうことに幸せを見出せる男だからね。そんなことはいちいち言わなくたって分かってる……ただ今は、私にだけ付き合ってくれたって罰は当たらないんじゃないかな？」

　涼しげな表情だったが、レクシーが若干へそを曲げているのは伝わってきた。

「……それで？」ファーマンは話題を変えることにする。結局自分も、彼女には甘くなってしまう。「さっき言ってた研究の話は？」

「そうだった」レクシーが、にわかに覇気を取り戻す。彼女は、手にしていたタブレット端末を差し出してくるのだ。「見てくれ。もうほとんど完成したんだ、ほら、例の」

　ファーマンは受け取って、そこに展開されている企画書に目を通していく――正直、今し方のやりとりが頭から吹き飛ぶほどの衝撃を受けた。実現不可能だと思っていたが、確かにこれなら上手(うま)くいく。ついに、コネクショニズムは新境地を開拓するだろう。

「やっぱり君は天才だな、レクシー」

「もうすぐ卒業でしょ？　君と一緒にノワエ社に入ったら、何としてでもこのシステムを使ってアミクスを作りたいんだ」レクシーは生き生きとしていて、「その時は手伝ってよ、エイダン。絶対に上手(うま)くいかせるから」

「もちろん」断る理由がない。

「あと、もう一つだけお願いがある」

「何だ――」

ファーマンは目を見開く――彼女の滑らかな手が伸びてきて、こちらの両頰を包み込んだから。レクシーはあの犬歯を見せて、微笑(ほほえ)んでいる。あと少しで、鼻先が触れそうな距離で。

「もしこの規格でアミクスを作るなら、君のアピアランスデータだけを使いたい」

「……僕をアミクスにして、こき使いたいって？」

「そう、君の顔は私にとって一級品だ」

「断ってもいいかい？」

「こき使いたいは冗談」彼女はからかうように言って、「量産型にはしないよ、カスタマイズモデルだ。……この研究は昔からずっと、私にとっては特別だった。だから、最後の最後まで特別なものだけを使いたい」

夜の瞳孔は、星屑を映し返す深淵のようだ。

「――分かる？　君は、私にとって一番特別な人なんだってこと」

ファーマンは、力なく微笑み返すしかなかった――それはまた、何とも残酷な話だな。

それでも断ろうと思わなかったのが、自分の若さだったのかも知れない。あるいは、彼女に対しての、未練がましい思いゆえだったのか。レクシーが求めてやまないものに姿を貸すことで、自分自身も永遠に、彼女にとっての『特別』でいられるような気がしたのだろうか？

レクシーが何を隠しているのかさえ、知らずに。

彼女はどこまでも一人で、全てを成し遂げようとしていたのに。

親友だった。

けれど――同じ目線に立てたことは、一度もない。

*

エチカがケンブリッジに到着する頃には、時刻は未明に差し掛かろうとしていた。

ケム川をまたぐ通りにひと気はなく、ピックアップトラックのエンジンを切ると、静寂が一層色濃くなる――車を降りながら、オンラインに復帰したユア・フォルマの着信履歴を確かめた。トトキからの連絡はない。彼女は今なお、エチカがコッツウォルズ地方に滞在していると考えているはずだ。

眼前の正門を仰ぐ——ゴシック建築のカレッジが、堂々とした佇まいでこちらを見下ろしていた。ユア・フォルマの解析に依れば、十五世紀頃に建築されたものらしい。屋根の上の校旗が、夜明けの気配にはためいている。

ケンブリッジ大学エルフィンストン・カレッジ。

エイダン・ファーマンがハロルドを連れて向かうとすれば、ここしか考えられない。

エチカは通用門に立っていた警備アミクスに、身分証明用のIDカードを見せる。

「夜中のうちに、カレッジを出入りした人間はいた?」

「いません。構内は無人です」警備アミクスは戸惑いも露わに、「カレッジにご用でしたら、事務所にお取り次ぎしますので午前八時までお待ち下さい」

「ここの他に出入り口は?」

「裏に駐車場がございますが、今は閉門中です」

「他には?」

「事務所にお取り次ぎしますので——」

アミクスは混乱しているようで同じ文言を繰り返す——おかしい。ここ以外にファーマンが訪れる場所などあるはずがないのだが。

エチカは焦りながら辺りを見回す。カレッジの敷地は高い柵で囲われていて、とても飛び越えることはできない。となれば、やはり通用門か裏門を使うしか——ふと、物静かに横たわるケム川が目に留まった。近くの商店の壁に映し出される、MR広告の宣伝文も。

〈パンティングツアーにご参加下さい。お申し込みはこちら〉

マトリクスコードからブラウザが立ち上がり、申し込みサイトへと繋がる——ツアーの内容は、大学敷地内を流れるケム川を、手漕ぎボートに乗って観光するというものだった。

——これだ。

「川沿いの監視カメラ映像を確認して」エチカは警備アミクスに言いながら、強引に通用門を通り抜けた。「不審者が映っていたとしても、通報はわたしの許可を待ってからだ。いいね」

一刻も早く、ハロルドを助け出さなければならない。

構内に入ると、親切な案内表示が次から次へとポップアップする。目的の研究棟を探して、回廊中庭へ。芝は手入れが行き届き、一本の樹木がぽつんと枝葉を伸ばしていた——ユア・フォルマの解析によれば〈林檎の樹〉だそうだが、今は全く以てどうでもいい。

再び構内へと足を踏み入れ、案内に従って東側へと向かう。

研究棟は広かった。だが、アミクスの解析設備が備わっている研究室は限られる。順番に探し回るが、どこも鍵がかかっていて入れない。ここも違う——そうして、通路の最奥にある扉へと行き着いた。歴史を感じさせる尖頭アーチのデザインで、確かめてみると、鍵穴が壊されている。

――間違いない。

耳を欹てたてみるが、中から物音は聞こえなかった。

丸腰なのがあまりに心許ないが、行くしかない。

警戒しつつ、扉を押し開ける。

室内は、想像していたよりもずっと趣があった――研究室というよりも、図書室を改装したような内装だ。わざとらしいほどつるりとした床面と、吹き抜けの天井。一面の書架には本の代わりに器具や工具が並び、木製の階段が壁伝いに二階へと続いている。長テーブルは、タブレット端末やラップトップ、３Ｄプリンタなどで溢れかえり――人影はない。

だがどこかから、囁きに近い話し声が響いてくる。

誰かいる――ハロルドとファーマンか？

エチカは足音を殺しながら、階段を上がっていく。慎重に一歩ずつ。どくどくと、鼓動が首元までせり上がってくるのを感じて。

そうして二階に辿り着いたところで、驚愕した。

フロアには、ずらりとアミクスのメンテナンスポッドが並んでいた。莢のようなデザインは近代的で、研究室の古めかしい雰囲気には全く似つかわしくない――ポッドの前に、一人の男が立っている。整った目鼻立ちと、冴えない褐色の髪。

エイダン・ファーマン。

そのうなじに挿さった絶縁ユニットと、右手に握られたエチカの自動拳銃が見えて――銃口が差し向けられた先に、もうひとつ、影が座っている。

「ほら、言った通りだろうエイダン？　電索官も、きっとハロルドを助けにくるって」

レクシー・ウィロウ・カーター博士――彼女は、額に銃を突きつけられているにもかかわらず、長い足を組んでリラックスした様子だった。

一体どうして。

まさかレクシーがここにいるだなんて、想像だにしていなかった――ファーマンは引き金に指を置いていて、今にも彼女の頭を撃ち抜かんと言わんばかりだ。

「ファーマン」エチカは努めて落ち着いた声を出した。「銃を下ろすんだ」

「彼女の言う通りだよ」当のレクシーはまるで他人事のように、暢気な態度だった。「今更だけれど、あんまり慣れないことはしないほうがいいんじゃないかな。手が震えてる」

「電索官」ファーマンは彼女を無視した。「レクシーを拘束してくれ。今すぐに」

エチカは戸惑う。いきなり何を言っている？

「おいおい」博士が失笑。「電索官は君を探しにきたんだよ？　いや、どっちかというとハロルドをか……彼女には、私を捕まえる道理がないと思うけれど」

「君には幾つもの罪がある。その最たるものがこれだ、博士」

彼が、銃とは反対の手に持っていたタブレット端末を掲げた。画面にはびっしりと、エチカには解読不能なプログラミング言語が綴られている——端末から伸びた長いコードは、ひとつのポッドへと繋がれていた。半透明のハッチ越しに、身を横たえたアミクスが見て取れて。

ハロルド。

息を呑む。目を閉じて微動だにしないことから、機能停止状態にあるのは間違いない——今すぐに駆け寄りたい衝動を、どうにか堪える。

「電索官。これは今し方僕が解析した、ハロルドの本当のシステムコードだ」ファーマンは冷徹にそう続け、「これを今から大学のサーバーにアップロードする。大勢の人の目に晒されることになるだろう。そうなったらレクシー、君は投獄されて、RFモデルは運用停止処分だ」

エチカは歯を軋らせた——やはりそれこそが、彼の目的なのだ。

自分はファーマンに誘拐された際、意味の分からない脅迫文を読み上げさせられた。

『ハロルド・ルークラフトのシステムコードを解析して下さい。レクシー・ウィロウ・カーター博士は、国際AI倫理委員会に嘘を吐いている』

それが全てだ。

最初から、全てだったのだ。

ファーマンの目的は、RFモデルを運用停止に追い込むこと——何もかもが、そのための手段に過ぎなかった。自分の容姿を利用してRFモデル関係者を襲ったのも、エチカを誘拐してハロルドのシステムコードを暴こうとしたことも。

しかし、何れも失敗に終わった。

だが、コッツウォルズで監禁されていた彼の前に、ハロルドが現れた――ファーマンはあの時、彼を直接解析することに決めたのだろう。指定通信制限エリアという状況下を、逆手に取ったのだ。そうしてハロルドをさらい、このカレッジへと連れてきた。メンテナンスポッドを所有しているのは、ノワエ・ロボティクス社のようなロボット開発企業か、カレッジの研究室に限られる。

それが、エチカがエルフィンストン・カレッジを目指した理由。

いっそ、ただハロルドを人質に取られるだけのほうが、事態は単純だったかも知れない。

「レクシー。ここで全てを、電索官に打ち明けろ」

「いや打ち明けてどうなるっていうんだよ……どうせ君はそのコードを皆に広めるんだろ？」

レクシーが諦めたようなため息を洩らす――博士は始めから、ファーマンの狙いを理解していたはずだ。知っていて、隠していた。気付くべきだった。アンガス副室長とレクシー博士の言い分には、行き違いがあるということに。

アンガスは、『RFモデルは思考をしているように見せかけている』と主張した。

レクシーは、『RFモデルは実際に思考をしているが、誰も信じない』と言い張った。

信じなかったんじゃない。知らされなかっただけだ――しかし、彼女はエチカに真実を明かした。こちらはロボット工学に疎いずぶの素人だ、虚栄心を優先させたところで分かるまいと考えたのかも知れない。

「言う通りにするんだ。君のその素晴らしい脳味噌(のうみそ)を、ここで撃ち抜いても構わない」

「ああ分かったよ分かったって。でもきっと、後悔するのは君のほうだよエイダン」

レクシーの乾いた唇がわずかに空気を食(は)んで、ひらこうと——エチカは反射的に、聞きたくないと思った。けれどいつだったか、何かの本で読んだことがある。目には瞼(まぶた)があるから、見たくないものを遠ざけられる。

しかし耳だけは、決して本当の意味では塞げないのだと。

「——神経模倣(ニューロミメティック)システムっていうんだ」

彼女はどこか投げやりな口調で、吐き出して。

「ユア・フォルマが普及したことでさ、人間の脳の神経回路(コネクトーム)がかなり解明されたでしょ。随分前に……それこそ私がまだ子供の頃とかに、それを人工知能分野に応用しようっていうプロジェクトがあったらしい。人間の脳を、AIとして再現してみましょうっていうやつ」

エチカは動けない。

「でも、そのプロジェクトは失敗した。ありきたりなニューラルネットワークで限界を迎えた。理論上は可能でも、実現できないことは山ほどある。これも結局はそのうちの一つだったわけ。空中分解して、いつの間にか話も立ち消えた……学生の頃、私が掘り起こすまではね」

レクシーの言葉は、独自の意志を持った生き物のように、宙に浮く。

「カレッジを卒業してノワエ社に入った時、私の研究は既に完成していた。あとは、必要とされる時を待つだけだった」

マデレーン女王陛下の即位六十周年記念式典の場で、王室にアミクスを献上する。

それが、ノワエ・ロボティクスに入社したレクシーが最初に任された、一大プロジェクトだ。彼女は在学中から、ロボット工学分野の新星として界隈（かいわい）の期待を集めていたらしい。これ以上なくふさわしい人物として抜擢（ばってき）され、開発チームが立ち上げられた。

レクシーはそこで、長年自分が積み重ねてきた研究成果を披露しようと決めたのだ。

「女王陛下に献上されるアミクスは、当然、世界中から注目されるだろう。それならノワエ・ロボティクス社……ひいてはイングランドの技術の結晶でなければいけないよね」

――『RFモデルは、普通のアミクスよりもずっと賢いそうなんです』

「だから私はRFモデルを、『次世代型汎用人工知能』と銘打つことにした」

――『ハロルドって、普通のアミクスよりもちょっと人間らしいと思いませんか？』

「要するに人間の脳神経回路を再現した、神経模倣システムを搭載するアミクスだ」

――『そういうのも全部、最新技術のお陰なんですって』

「皆は知らないけれどね。それでも私は、誰にも作れなかったものを実現してみせたんだよ」

量産型アミクスとは、そもそもの思考プロセスが異なる存在。

人間の脳と酷似した神経回路を併せ持つ、全く新しい機械。

それが——RFモデルの正体。

エチカは、口の中がゆっくりと乾いていくのを感じた。思考が真っ白に焼けていて、何も出てこない。

ずっと募り募っていた嫌な予感が、ここに来て弾けて、全てを塗り潰したみたいに。

「反対したんだ」ファーマンが押し出す。「僕は開発チームの副主任として、彼女の補佐を任されていた。だが、始めてみて分かった……神経模倣システムはどう考えても、倫理委員会の審査基準を逸脱している。生じるブラックボックスが、あまりに大きすぎるんだ」

国際AI倫理委員会の審査基準は、極めて明快だ。

敬愛規律を遵守できないシステム構造の企画書を、製造許可の対象から除外すること。

「審査を通過しないと分かっているのに、レクシーは聞き入れてくれなかった。だから僕は、チームを去ることにした。そうすれば開発に大穴が空く。彼女に、方針転換を迫ることができるかも知れないと。だが……」ファーマンはかぶりを振る。「その後、RFモデルは委員会の認可を得て、製造された」

これの意味するところが分かるかい、と彼は噛み殺すように言い足すのだ。

——レクシー・ウィロウ・カーター博士は、国際AI倫理委員会に嘘を吐いている。

「トールボットもそうだけどさ、委員会なんて私から見れば無知な人間の集まりなんだよ」レクシーは空恐ろしいほど穏やかに、微笑んでみせる。「ちょっと精巧なダミーの企画書で、あっさり騙せる。あんな機関、本当は存在する意味もないんじゃないかな？」

エチカはやっとの思いで、口を開く。

「開発チームの他のメンバーや、アンガス副室長たちも一緒に……全員で、口裏を合わせていたんですか」

「いいや、皆のことも騙したんだ。ねぇ電索官、私はこれでも結構すごいんだよ。企画書通りのダミーのシステムを搭載した上で、本物のシステムを覆い隠すことくらい造作もない」レクシーは退屈そうに椅子を揺らして、「ただアンガスたちと違って、エイダンはもともと神経模倣システムの存在を知っていたし、理解していた。だからこうやって、ハロルドを通じて本当のコードを引き出せてしまったというわけなんだけれど……」

彼に話した私が馬鹿だったんだよねぇ、と彼女は吐息を零す。

「エイダンも最初は分かってくれていたのに、何でこうなっちゃったのかな」

「被害者ぶらないでくれ。開発が始まるまで君は、ＲＦモデルの巨大なブラックボックスについて隠していただろう」ファーマンは沈痛な面持ちで、「あんなものは背負いきれない。倫理的ですらない。少し考えれば、手を出すべきではないと分かったはずだ」

「倫理？」レクシーが失笑する。「倫理かぁ……君みたいなお堅い技術者は、そういうの大好きだよねぇ」

エチカの胸に、ファーマンの機憶で覗き見た感情が蘇ってくる。そうか、彼は長らく後悔していたのだ。レクシーに倫理を犯させてしまったこと――人として、技術者として守らなければいけない分別を超えてまで、好奇心を優先させる彼女を止められなかったことを。

彼はずっと一人で、ＲＦモデルの真実を抱えてきた。

開発チームを去ったあとにレクシーを告発したのも、タブロイド紙でスティーブの件を知って今回の犯行に及んだのも、全て――人間社会を脅かすかも知れないアミクスを、世に出してしまったことへの責任を取るため。何よりも、大切な人にそのような真似をさせてしまった自分自身への、罪滅ぼしのようなもので。

ファーマンの動機は、真っ当だ。

無論、そのやり方は決して褒められたものとは言えない。ダリヤを始め、罪もないＲＦモデル関係者を襲ったという事実は、到底許しがたい。

ただ――レクシーに至っては、彼以上に常軌を逸しているのは確かだった。

「あれほどやめろと言ったことを、何故実行に移した？　こうなると分かっていたはずだ」

「どうなるって？」

「スティーブは暴走し、マーヴィンは僕をさらって監禁した」

「エイダン」レクシーは膝に頬杖をつく。跳ねた髪が、その肩を滑って落ちる。「私は間違ったことをしたとは思っていない。少しもね」

「レクシー」

「君とは違うんだ」

　天井付近に設えられた明かり取りの窓から、淡い光の柱が落ちてきている。夜はもうすぐ蒸発して、跡形もなく消えてしまうだろう——けれど正反対に、レクシーの瞳はどこまでも深く閉ざされたままで。

「エイダン。昔は君も、私と同じだと信じていたんだけれどね……結局、特別に生まれついたのは私だけだったらしい」彼女は蔑むでもなく、ただ無表情に、「いいかい、特別な人間は特別なことをしなくちゃならない。誰も超えられなかったものを、私は超えてみせた。自ら思考することのできる、全く新しい存在を作り出したんだ」

「僕は何度も言ったはずだ。そうまでしたところで、君の功績にはならないと」

「君も腐ったなぁ」レクシーは目を細める。「皆が勝手に褒めるだけだ。私は一度も、讃えてくれなんて頼んでいない。讃えられたいわけでもない。いつだって自分がやりたいことをやってきたし、これからもそうする。それだけのことだよ」

　ファーマンの銃口が、かすかに震える。

「……君とはやはり、もう二度と分かり合えないらしい」

「分かり合いたかったの？　ああそういうこと……エイダンは優しいからね、昔からずっとそうだ。君のそういうところが好きだったな」彼女の言葉には、何の感情もなかった。「君が私を告発するのは構わない。でもさ、ハロルドが可哀想だと思わない？　彼には何の罪もない。

なのに、君が余計なことをしたせいで運用停止になるんだよ」

そうだ——エチカの思考はようやく、ぎしりと軋みながら回り出す。

神経模倣システムは、国際AI倫理委員会を欺いている。公になれば、単にレクシーが罰せられるだけでは済まない。ノワエ・ロボティクス社全体にも影響が及ぶ。そして、RFモデルは——ハロルドは間違いなく、運用停止に処される。

「ねえエイダン」レクシーの声は、ひやりと冷たい色を帯び始めていて。「RFモデルは、ハロルドは私にとって本当に大事な子なんだ。私を告発したいのなら、別の罪で好きなだけ告発していいからさ。そのシステムコードだけは——」

返してよ。

エチカはとっさに止めに入ろうとして、

遅かった。

レクシーが立ち上がった瞬間、ファーマンが引き金を引く。銃弾は彼女の髪を掠めて、書架に沈み——レクシーの拳が、思い切り彼の頬を殴りつけた。傍目から見ても、壮絶な力だった。何より、ファーマンの体調はもともと万全とは言えない。彼が大きくふらつく。レクシーはその胸倉を摑み、空のポッドに叩きつける。

ファーマンの手から、タブレット端末が取り落とされて。

彼女はすかさずそれを拾い上げようと腕を伸ばす——届く前に、ファーマンが無理矢理蹴り飛ばした。「ああちょっと、何するんだよ！」博士が彼に摑みかかる――二人のもとを離れたタブレット端末は、するすると床を滑り、

立ち尽くしていたエチカの足許(あしもと)で、止まる。

――え？

「電索官」ファーマンが呻(うめ)いた。「それをサーバーにアップロードしてくれ、今すぐ――」

「駄目だよ！」レクシーが怒鳴るように遮り、「そのコードを消去するんだ。君だってハロルドが停止されたら困るだろう！」

画面は先ほど見たプログラミング言語の羅列から、大学サーバーへのアップロード画面に切り替わっていた。ファーマンがそこまで準備を整えていたのだろう――タップひとつで、ハロルドのシステムコードが公開される。

待ってくれ。

エチカは硬直したまま。

レクシー博士は、倫理委員会に反した犯罪者だ。システムコードを公開して、彼女には正当な裁きを受けさせるべき――そう、ファーマンの主張は正論だ。彼自身、ただその望みを果たすためだけに犯行を起こしてきた。ここでエチカが従ったとして、再びファーマンが逃走する可能性は極めて低い。彼は今度こそ、大人しく逮捕を受け入れるはずだ。

だが。

自分が正義を貫けば、ハロルドはどうなる？

メンテナンスポッドへと目を向ける――アミクスはそこに横たわったまま、ただ頑なに瞼を閉じている。どうもこうもない。ずっとあのままになるだけだ。

二度と目を覚ますことも、言葉を交わすことも、ない。

ぞっと、反射的に背筋が凍るのが分かった。

嫌だ。

彼をそんな目には遭わせられない――どうして？　ハロルドには何度も騙された。いつも振り回される。今回だって囮として使われ、ファーマンに誘拐されて恐ろしい思いをした。加えて――ＲＦモデルには、敬愛規律を反故にする危険性が秘められている。

銃声。

はっとして、顔を上げる。

ファーマンがもみ合いの末に、レクシーの脚を撃ち抜いたところだった。彼女が、がっくりとその場に膝をつく。じわじわと、その右腿から血液が染み出して――ファーマンは銃を握り締めたまま、肩を大きく上下させていた。

「何で僕の言葉を聞いてくれない……君もレクシーと同じなのか、電索官？」

彼が、ふらふらとこちらへ歩いてくる――レクシーが呻きながら追い縋ろうとするが、届かなかった。彼女は立ち上がれない。ただ、痛みに耐えるようにして声を張る。

「エイダン！　君は本当に分からず屋だな……！」

「電索官。君が法の下につく捜査官だというのなら、正義を為してくれ」

ファーマンは言いながら、エチカの目の前までやってくる。殴られた際に切れたのだろう、唇には血が滲んでいた――循環液の黒ではなく、純粋な、人間の赤いそれが。

エチカはまだ、動けない。

「君は何も分かっていない。あれは確かに思考している。だがその思考は、計算は……底知れない闇だ。到底、僕たちが理解できるものじゃない」

計算――確かにハロルドは、あらゆることを計算しておこなっている。彼の笑顔ひとつさえきっと策略で。だから、人間を手玉に取れる。手玉に取られているとすら悟らせないままに。

けれど。

ファーマンの手が、エチカの足許に落ちているタブレット端末へと伸びていく。

『私もあなたに潜れたらどんなにいいか……』

不意に、ハロルドの寂しそうな微笑みが蘇って。

『そうしたら、あなたのことを初めて、はっきりと理解できる気がします』

――あの言葉さえ、表情さえ、計算だったとしても。

それでもいい、いい。

彼の心がどんなかたちをしていようと、構わない。

あの時、知覚犯罪を解決したあとにも、そう思ったじゃないか。

エチカは一瞬、自分の思考に愕然として。

だが——どうしたって、ハロルドを失うことなど考えられなかった。

だって自分にとっては、彼が初めてなのだ。土足で踏み込んでくるのに、踏み荒らすだけではなく、これまでにないぬくもりを残してくれる——だから迂闊にも、信じてしまった。

恐らく、一度他人を心に招き入れてしまったら、それが最後なのだ。

もう、機械のように自分を押し殺していた日々には、帰れない。

知らなければよかったのだろうか。

一人でニトロケースに縋り付いたままでいられたら、こんなことにはならなかったのか？

だとしても。

やはり——知りたくなかったとは、少しも思えないのだ。

これは、間違っていない。

そんなことは、承知の上で。

気付けばエチカは、ファーマンの手を掴んでいる——その指先が、タブレットに届く寸前で止まる。目が合う。ハロルドによく似た、けれどもっと錆びついていて、生き物らしい瞳。

「ハロルドのシステムコードは、わたしが預かります」声は、自分のものではないかのようにはっきりと通った。「エイダン・ファーマン。あなたを再度拘束——」

「嘘はもっとそれらしく吐くものだ」

ファーマンがエチカの手を振りほどく——思い切り突き飛ばされる。油断したつもりはなかったが、力の差では到底敵わない。エチカはなすすべもなくよろめき、欄干に背中を打ち付ける。浅い息が勝手に零れて。

壮絶な痛みが背中を駆け抜け、ずるずると座り込む。

必死で見上げた時には、彼は既に、タブレット端末を手にしていた。

「……許してくれ」

その指が、システムコードのアップロード実行を、

タップ。

本当に、あまりにも、一瞬で。

——嘘だ。

画面が切り替わり、みるみるうちに、表示されたプログレスバーが青く染め上がっていく。アップロード完了まで残り四十秒、三十秒、二十秒……。

エチカはとっさに立ち上がろうとした。だが、足首が思わぬ方向にねじれて悲鳴が洩れる。倒れた時に捻ったのだろう。ふざけるな。こんな時に。何で。

——ハロルド。

『事件解決までの間、あなたのよきパートナーでいられるよう努力します』『何故、自分を冷

たい人間に見せようとするのです?』『私なりの誠実さだと理解して下さい』『あなたのほうこそ、もっと、自分を大事にして欲しい』『冷たそうに見えてお優しいところが好きです』『あなたを危険な目に遭わせるつもりは、少しもなかった』『いいえ、やはりやめておきましょう。上手く伝えられそうにない』

まだ、続きを聞いていない。

波のように押し寄せてくる。

多分もう、彼でなければ、

残り十秒。

突如、鼓膜を劈いた。

何――エチカは茫然とする。エイダン・ファーマンの体が、ゆっくりと崩れ落ちていく。残滓を引くように、かすかな赤色が宙に舞い散って――天井めがけて吸い上げられていったそれが、ようやく、強烈な銃声だと理解する。

落下したタブレット端末が、かつんと甲高い音を響かせた。

「後悔するのは君のほうだって言っただろ……」

レクシーが、どこからか取り出した銃を下ろしたところだった。自動拳銃[15]。あの工作室から紛失していた、マーヴィンの銃だ――今は、驚いている場合ではない。

エチカは突き動かされるように、タブレット端末へと腕を伸ばした。這いつくばったまま、無我夢中で引き寄せる——プログレスバーは、尚も進行を続けていた。

あと三秒。

アップロードの中断を、タップ。

しん、と画面が静止。

一秒を残して、完全に止まる。

どっと、体中が温度を取り戻していく。

——間に合った。

エチカは端末を抱きしめて、仰向けになる。全身がひどく痺れている。そうしながらも、否応なしにひたひたと打ち寄せてきたのは、
息もできないほどの、後ろめたさだった。

2

エイダン・ファーマンは腹部を撃ち抜かれており、かなりの重傷だった。当分は取り調べもろくにおこなえない状態だろうが、彼に息があったことは不幸中の幸いと言える。

研究室内は、通報により駆けつけた救急隊員と警察官で騒然としていた。エチカは、緊急処置を終えたファーマンが運び出されていくのを見送る——傍らでは、トトキのホロモデルが刺

すような視線をこちらに縫い止めていた。

『ヒエダ、あなたはどうしていつも無謀なことばかり……何故連絡しなかったの？』

「……本当に申し訳ありませんでした」

エチカは縮こまるしかない。もとより、単独で彼を追跡するのは不適切だと承知していた。だがそれでも、RFモデルに隠されているかも知れない秘密を思えば、トトキに報告するべきではないと判断したのだ――彼女は何一つ、勘付いていないようだった。

『結果的に捕まえられたからよかったものの、今後は勘弁してちょうだい』

「すみません、補助官をさらわれて動揺していたのもありますが……浅はかでした」

『万が一の事態くらい想定できたでしょう。後日、あなたにはみっちりお説教の時間を設けるからそのつもりで』トトキはぴしゃりと言い切り、『それと、さっきカレッジ側から監視カメラの映像を共有してもらった。ファーマンも博士もボートを使って、ケム川から大学敷地内に侵入したようよ。似た者同士ね』

やはり侵入経路は、エチカが推測した通りだったらしい。

『それで、肝心のルークラフト補助官は？』

「今、レクシー博士が再起動の準備をしています」

『いい報告が一つでもあってよかったわ。あとは、きちんと博士の後始末をつけて』

「……分かりました」

トトキのホロモデルが溶けるように消えていく——通話を終えたエチカは、つい肩の力を抜いた。課長が自分を信用してくれていて、本当に助かった。同時に、罪悪感が沸き起こる。抑え込むつもりで、軽く目を閉じて。

重たい瞼を押し上げてから、振り返る——レクシーは、ハロルドのポッドの前にいた。撃ち抜かれた右脚に止血帯を巻き付け、椅子に座って黙々とタブレット端末を操作している。傍らには、困り果てた救急隊員が立ち尽くしていた。

「いいですかカーターさん、銃で撃たれたんですよ。今すぐ病院に行かなければいけません」

「これが済んだらね。あと簡易麻酔がめちゃくちゃ効いてるよ、歩けないけど痛くない」

「それは応急処置です。万全ではありませんから……」

「うるさいなあもう。あと十分くらいしたらまた来てくれ、そうしたら全部終わってるから」

救急隊員は明らかに後ろ髪を引かれていたが、彼女には取り付く島もない。隊員は渋々といった様子で、エチカとすれ違うようにして階下へ降りていく——レクシーはこちらを見ないまま、口を開いた。

「電索官。もうすぐハロルドが起きるから、そうしたら私は大人しく病院に行くよ」

「博士」エチカは気持ちを落ち着けるつもりで、なるべくゆっくりと言う。「怪我が回復したら、わたしはあなたを逮捕しなければいけません」

「ああ……さっきの話？」

「――それに加えて、マーヴィンの虐待とエイダン・ファーマンの誘拐容疑です。ファーマンの機憶を工作するために、マーヴィンを使って彼を監禁しましたね？」

棘のような沈黙がじわりと肌に食い込んで。

「まあ」と、彼女の薄い唇が呟く。「そりゃあ、分かっちゃうよねぇ。だって君がここへ来るより先に、私はエイダンがハロルドを誘拐したことを知っていたんだから」

レクシーは動じることなく、それどころか柔らかに微笑んでいて。

「さっきのこれを渡しておくよ」彼女が、ポケットから出したものを投げて寄越す。「私を逮捕するのなら、君が持っていたほうがいい」

エチカは受け取ったそれを見つめる――機憶工作用ＨＳＢだった。

先刻、自分がユア・フォルマを使って救急車を呼ぶ一方で、レクシーは倒れたファーマンに這い寄った。彼女は、彼の接続ポートから絶縁ユニットを抜き去ると、代わりにこのＨＳＢを挿し込んだのだ。

今し方交わされた秘密のやりとりを、その機憶から消し去るために。

「折角だし、君の推理が聞きたいな。天才電索官さん」

「……博士はＲＦモデル関係者襲撃事件が起きた時から、ファーマンが犯人だと気付いていたはずです」エチカは普段のハロルドがそうするように、ピースを埋め合わせるつもりで紡いでいく。無論、彼よりもよほど辿々しく。「あなたはもともと、周囲に隠れてマーヴィンを所有していたから、必然的に事件の犯人がファーマンだと察することができた。でも、誰にもそれを言わなかった。彼が逮捕されて、警察が今度こそ、何らかの形でRFモデルの秘密に行き着くことを恐れたんです」

「そうそう。君たちが事件に関わり始めたから、いよいよどうにかしなきゃと焦った」レクシーは端末の操作を再開する。「本当は私が先に、エイダンを誘拐して機憶を工作するつもりだったんだけれど……間に合わなかったよ。これは全部ばれて終わったかなと思った。でも電索のあとで話した君たちは、まだ何も知らなかったね」

「規定により、事件以外の機憶を遡ることはできませんので。ただ、精神分析の結果によっては、再度彼を電索するつもりでいました」

今思えばファーマン自身も、電索を通じて、尚も真実の告発を試みていたはずだった——何せ彼はエチカが潜る際、「古い機憶まで遡って欲しい」と伝えてきたのだ。彼はその昔、レクシーからRFモデルの秘密であるシステムコードを見せられている。機憶を通じて、コードを暴露する段階まで持っていこうと考えたのではないか。

「それだよ。彼が精神分析のために移送されるって聞いたから、この機を逃したらもうあとはないなぁと思って……」

「だから捜査局の警備アミクスにバグを引き起こして、運転モジュールの設定を改造させたんですか」あの時、彼女を信用して口を滑らせたのは自分だ——エチカは己を殴りたくなった。

「前に言っていましたよね。『ちょっとしたバグを起こすだけなら、タブレット端末でも済ませられる』って」

　自分は支局エントランスで、警備アミクスに話しかけるレクシーを見ている。あの時、彼女はタブレット端末を手にしていた。そして、設定変更をおこなえるセキュリティルームに出入りしたのはアミクスだけだ。

　レクシーは朗らかに言う。「迷惑がかからないよう、ステアリングを握らない限りは正常に動くようにしておいたよ。あと、一部のメモリだけは消させてもらった」

「始めからファーマンを逃走させた上で、さらうつもりだった？」

「思いのほか彼の逃げ足が速くて苦戦したけれど、マーヴィンは優秀だ。私はそれこそ、マーヴィンの事件捜査に協力しなきゃならなかったからあれに頼んだんだけれど、びっくりするほど上手（うま）くいったね」

　ファーマンがマーヴィンに捕まったのは恐らく、彼自身の位置情報が途絶えたあの時だろう――そうして、コッツウォルズに連れていかれた。例の家は、レクシーの別荘だ。アミキティア地区にある彼女の自宅には、二本の鍵を収めたキーケースがあった。一本は自家用車のそれだとしても、自宅の玄関扉は鍵を使用しない掌紋認証システムだ。

　技術制限区域にある別荘は、絶好の監禁場所として機能するはずだった。

だが、ハロルドは見破っていた。エチカよりもずっと早く。

「別荘にエイダンの様子を見にいったら、マーヴィンは死んでいる上に、君が気絶していて驚いたよ。しかも肝心のエイダンは、恐らくいたであろうハロルドと一緒に姿を消しているし」

レクシーは何が起きたのかを理解した。だから、その場に落ちていた捜査局の自動拳銃を護身用に持って、エチカよりも一足先にファーマンを追いかけたのだ。

「でも電索官、肝心の部分がまだ見えてこないなぁ」彼女は未だ、端末を弄っている。「結局、どこで私だって気付いたの？」

エチカはつい、その光景を思い出して――わずかな間、言葉に詰まった。

「あなたの別荘で意識を取り戻した時……作業台の下で、リブの頭を見つけました」

そう――あの時自分が見たのは、先日、レクシーの自宅で会った家政アミクス・リブの頭部だった。無残に切断されたそれが、穏やかな笑顔をたたえたまま転がっていたのだ。

その瞬間、思い至った。だからマーヴィンの右手を確認して――最悪の予想は、的中した。

マーヴィンの親指には、リブと同じ蝶のタトゥーが刻まれていたのだ。

「あなたはファーマンを誘拐するために、マーヴィンの頭とリブの体を繋ぎ合わせたんです」

エチカは渋面を隠せない。「リブのタトゥーは特徴的ですから、ファーマンの監禁にあなたが関わっていると分かった……ただ」

マーヴィンを所有していたことを秘匿したという一点だけが、解せない。

「マーヴィンの遺体をテムズの河岸に放置して、死んだように見せかけたのは、彼の捜索活動を阻止するためですか？」

「ご名答」

「そんなことをしたら、ルークラフト補助官の立場が悪くなると分かっていたはずです」

「だとしても一時のことだよ。もちろん、彼には悪いことをしたと思っている」

「どうしてそうまでして……」

レクシーはようやっと、タブレット端末から顔を上げる——その頬には、どこか侘しげな微笑が浮かんでいた。

「マーヴィンを見つけたのはもう大分前なんだけれど、彼はもともと故障していてね。具体的にはブラックボックスの中で何か問題が起きていて、ついに私でも直せなかった。かといって皆に見せたら絶対、葬式を挙げて弔ってあげようとか言い出すだろう？」愛する息子を手放したくなかったんだよ、とレクシーは嘆く。「それでずっと、歩きも喋りもしないお人形さんのマーヴィンを、別宅に隠してた。でも今回捜索活動が本格化して、もしも見つかったら葬式どころかもっとひどい目に遭わされるんじゃないかと思って……」

彼女は敢えて、マーヴィンの死体をでっち上げることにしたのだ。

「ですがそれだって、あなたの手でマーヴィンを殺すことと同じです」

「同じじゃないよ。アミクスにとって大事なのはここだからね、私はあれを守ったんだ」レクシーはこめかみをとんとんと指差して、「ただ……マーヴィンをリブの体に繋いだのは、エイダンをさらわせるためだったけれど、驚いたよ。一か八かで幾つかのシステムコードに改造を加えてみたら、本当に動いたんだから」

その口ぶりからして、彼女が微塵も罪悪感を覚えていないのは明白だ。

「変わらず喋ることはできないものの、命令も一応は理解してくれた。あれもきっと、兄弟の秘密を守るために働くなら本望だろう。うん、そう言うよ」

エチカは嫌悪感がこみ上げるのを抑えきれない。本当に彼は、それで本望だったのか？　当然、確かめるすべなどないけれど――彼女の主張は受け入れがたい。マーヴィンを葬式で弔われたくないと言いながら、無情にその四肢を切り刻んだ。どこか矛盾している。

だが、博士の中では辻褄が合っているのだ。

あまりに度しがたい。

「何が言いたいかって、マーヴィンは私に改造されて君やハロルドを襲っただけだ。あれには、エイダンの監禁を邪魔する者を排除しろと教えたから。つまり……スティーブとは違う」彼女は、タブレット端末を手近なワゴンに載せた。「電索官。君が望む、あらゆる罪の罰を受けるよ。逃げるつもりもない」

レクシーの瞳が真っ直ぐに、こちらを仰ぎ見る――その目は、なおも真夜中のまま。

あらゆる罪。

そこには、国際AI倫理委員会を欺いたことも含まれるのだろう。

ただ、

「……レクシー博士」

「何？」

「神経模倣システムを持ったアミクスは」エチカは、唇を湿らせた。自分でも、恐ろしい質問をしようとしているという自覚があったから。「人間にそっくりな機械の脳を持ったRFモデルは、結局のところ……人間と、どう違うんですか？」

レクシーはかすかに目を見開き、すぐに細めた。それだけで、微笑もうとはしない。

「まあ機械の体に、人間を真似た機械の脳味噌が入っているなら、そういう疑問に行き着くのも無理はないよねぇ。実際、彼らは他のアミクスよりずっと人間らしいし」

でも人間とは違うよ、と彼女は囁く。

「神経模倣システムは、確かに人の脳を再現している。けれど、人間の脳に近いものが頭の中に入っているというだけで、それは人間にはならない」

「でも、RFモデルはブラックボックスの範囲が広いと仰っていましたよね。そのお陰で、人と同じように個性があって、成長するって……それはもう、人間でしょう」

「自分を安く見るのはやめなよ、電索官」

「……安く？」

「人間をそう簡単に作れるならさ、もうとっくにできているでしょ。そもそも、『人間』の定義がまず曖昧だとか何とか喚く連中もいるくらいなんだよ」

「だったら」エチカはほとんど詰問に近い口調になってしまう。「だったら──ルークラフト補助官は、一体何なんです？」

人間よりも人間らしく振る舞う彼は、何なんだ。ダリヤという家族を愛し、一方でゾゾンを奪われたことへの暗い衝動を抱え続けている彼は。人と何も変わらないように見えるのに、ふとした瞬間に、あまりにも冷酷な機械の側面を覗かせる彼は──一体何なんだ？

「分からない」

レクシーはいつぞやと同じように、この上なく真顔でそう答えるのだ。

エチカは一瞬、耳を疑う。

「──え？」

「だからさぁ、分からないって」彼女の言葉は恐ろしく無責任なのに、その口ぶりはあまりにも真摯で。ちぐはぐで。「『ヴィクター・フランケンシュタイン』の話を知っている？」

理想の人間を作り上げようとして、神を冒瀆した一人の青年の物語。

できあがったものは、ただの怪物だったという。

「『人間らしさ』を求めて作られたものが、人間に近づくとは限らない。フランケンシュタインだって、怪物を作りたかったわけじゃなかったんだよ」

ＲＦモデルのブラックボックスは、他のアミクスよりも恐ろしく深くて広い。

決して覗き見ることのできない、深遠な何か。

アミクスは電索できない。

彼らの思考を暴くことは、現状、誰にもできない。

「『私たちが何者かは、君が決めればいい』」

レクシーの囁きはいっそ、何かに取り憑かれたかのようで。

「なんて……マーヴィンだったら、そう言うかも知れないね」

エチカはようやく、気付かされるのだ。

もしや自分は、とんでもなく底知れない存在に、信頼を寄せてしまったのでは？

それでも、あの時――ファーマンがハロルドのシステムコードを、サーバーにアップロードしようとした瞬間に、分かってしまった。理屈ではない感情が、恐怖を前にして押し寄せてしまったのだ。

もう、彼と出会う前の自分に戻ることは、できないと。

一度知ってしまったあたたかさを手放すのは、優しさを知らずに過ごすことよりも、遥かに難しいのだと。

何だか、自分がひどく愚かになったような気がして。

実際、その通りなのかも知れない。

「レクシー博士」押し出すそれは、鉛のように重たい。「わたしは捜査官です、法に忠実でいなければなりません。ただ……わたしには、システムコードが読めない。だから、神経模倣システムが実在しているのか、どうかも分からない」

残響もなく、ただただ、散らばっていく。

レクシーは、ゆっくりとあの犬歯を覗かせて、

「──ありがとう」

屈託のない微笑みは、いっそ無邪気なほどだった。

「君ならきっと、ハロルドを守ってくれると思った」

エチカは、その眼差しから逃れられない。

恐らく、正しい選択ではない。

いつか、今日の決断を後悔するだろうか？

「ねえ電索官」博士は構わず、柔らかに続けるのだ。「君がこれからもハロルドに補助官でいて欲しいと思うなら、ひとつだけ……話しておきたいことがある」

これは私の独り言だと思ってくれ、と彼女は言って。

＊

「ルークラフト補助官？」

システムの起動が完了した時、最初に視覚デバイスが捉えたのは、エチカの姿だった。彼女はいつになくひどい顔色で、こちらを覗き込んでいる――かと思いきや、焦ったように身を引くのだ。大方、それなりに近い距離で視線が交わったせいだろう。

どうやら、自分はもう一度目を覚ますことができたようだ。

ハロルドは、名状しがたい安堵を覚える――きっとエチカが見つけてくれるだろうと思ったが、やはり相応の不安もあった。エイダン・ファーマンは、彼女が助け出してくれるよりもずっと早く、自分のシステムコードを解析して公表するかも知れない、と。

いや――まさか、もう公にされているのだろうか？

状況が分からない。

「補助官、聞こえている？」エチカが問うてくる。「具合はどう？」

「痛覚をオフにしてなお、最悪だと思うよ」レクシーの声。「何せ両手両脚全部折れてる。エイダンをもう一発くらい、余分に撃っておくんだったなぁ。いや冗談だけどさ」

見ればポッドの横で、博士が椅子に腰掛けているではないか。素直に驚く。彼女が居合わせているとは、予想外だ。

「博士、何故あなたがここに？」誘拐犯として逮捕されるのが先かと思ったが。

「おいおい、話しかけるなら私じゃなくて彼女だろ」レクシーは呆れ顔で、「まあいいや。私はあのしつこい救急隊員とデートしてくるから、あとは二人で仲良くやってよ」

　アンガスを迎えに寄越すから、と彼女は言い残し、現れた救急隊員におぶさるようにして離れていく――ハロルドは推測を組み立てた。なるほど、事件は粗方片付いたあとらしい。

「博士は、きみが起きるまでは病院に行かないって言い張っていたんだ」エチカがレクシーの背中を見送りながら、教えてくれる。「色々あって、ファーマンに脚を撃たれて……」

「では、ファーマンは見つかったのですね？」

「捕まったよ、ただ重傷だ。当分、病院から出られないと思う」口ぶりからして、ファーマンに傷を負わせたのは博士か。なるほど、彼女ならやりかねない。「とにかく、きみは自分の心配をして。アンガス副室長が迎えにきたら、またすぐに修理工場行きだ」

　そうだろうな。「ここがイングランドで幸いしました。パーツを取り寄せずに済みます」

「あのね」

「ジョークですよ」ハロルドはなるべく、いつものように微笑みかけた。「助けて下さってありがとうございます、電索官」

　エチカは何を思ったか、それとなく視線を逸らす。単純な『照れ』なのか、あるいは『後ろめたさ』なのか――どちらのようにも見えた。いつの間にか、彼女の観察については自信を削がれている自分がいる。

「レクシー博士のほうが、きみを助けようと必死だった。ただマーヴィンを使って、ファーマンの誘拐を企てたのも彼女で……」エチカはいつもよりも早口に、訥々といきさつを話してくれる。「博士が回復したら、逮捕する。……きみにとっては辛いことかも知れないけれど」

「いいえ、罪を犯した人間は裁かれるべきです、それがどんな理由であっても」

これは本心だ。レクシーは『母親』だが、自分たちの間にはもとより、人間の親子のような執着は存在しない。スティーブたちとの『兄弟愛』が、人同士のそれとは異なるように。

「知っていたんでしょう、補助官」エチカはうっすらと、責めるような目を向けてきた。「博士が誘拐犯だって」

「ええ……気付いていました」こればかりは認めるしかない。「彼女の自宅に行った際、リブから色々と話を聞きましたし、家そのものの様子を記憶していましたので」

「あのキーケース？」

「庭の洗濯物もです。マーヴィンを切断した際に循環液が染み込んで、落ちなかったのでしょう。黒ずんでいました。何より」ハロルドは説明しながら、彼女の表情を逐一観察する。「ファーマンがあなたをさらった日の夜、レクシー博士はパブの向かいのレストランにいた。彼女はどういうわけか、もともとファーマンの誘拐を計画していたようですね。何れ彼の尻尾を摑むであろう我々を尾行して、先に連れ去ろうと考えたのでしょう」

エチカは「何故教えなかったんだ」と怒り出すかと思いきや、珍しく静かだった。それどころか、こちらが黙っていたことに対して、少しも腹を立てていないようだ。やはりどこか、心ここにあらずといった調子で。

　今は、彼女がどこまで知っているのかを探らなければ。

「電索官。博士は何故、そうまでしてファーマンを誘拐したがったのでしょうか」

「分からない」エチカは間髪入れずに答えた。「というか……わたしよりも、きみのほうが理解していると思っていたけれど」

「未だに動機は読めていません。仮に犯人であるファーマンのことをかばいたかったのだとしても、マーヴィンを使って監禁するのは不自然です」

「全部、取り調べで明らかになるんじゃないかな」

「博士はあなたに、何も話さなかったのですか？」

「それどころじゃなかった。きみを助けるのに必死で」

「ファーマンにしてみてもそうです」ハロルドはあえて、とぼけてみせる。「彼はどうして、私をさらってこのポッドに押し込めたのでしょう？　目的は？」

「ファーマンを聴取しないと何とも言えないけれど、多分……きみを改造するためだと思う」

　エチカの手は先ほどから、どこにも触れまいとするかのように膝の上で丸まっている。「彼はもともとレクシー博士を失墜させたいと考えていた。RFモデルであるきみを改造して、暴走させることで彼女の名誉を傷付けたかったんじゃないかな」

「彼は、博士の失墜を望んでいたわけではないはずです。電索の際に、あなたも仰っていたでしょう？　ファーマンは、何らかの責任感から行動していると」

「説明が足りなかった、『博士を失墜させる』という責任感だ。彼は人格に問題を抱えている。だからあの時きみも、精神分析に回そうと言ったんじゃないの？」エチカは片足をかばうように立ち上がり、「ごめん、トトキ課長から電話が……すぐに戻るから、安静にしていて」

——本当に、電話が鳴ったのですか？

そんな問いかけが浮かんできたが、口に出すのはやめておく。

エチカは単に、疲れているだけかも知れない。自分の『脳』の秘密を彼女が知ってしまったかも知れないなどと——レクシーが、それほどたやすく真実を明かすとは思えない。仮にファーマンがその存在を主張したとしても、彼の立場からして、エチカの信用は買えないだろう。戯言だと、聞き流していてくれればいいのだが。

ハロルドは腕を持ち上げて、千切れたままの指をぼんやりと眺めた。

『わたしたちは、どうしたら対等になれる？』

あの時の、彼女のひどく寂しそうな微笑みが再生されて——対等になど、なれるはずがない。自分と彼女は、全く違う存在なのだ。ハロルドにしてみればそんなのは当然で、問題とすら感じていなかった。

けれど、エチカは違う。

あんな風に望む人間を、自分はこれまでに一人も知らない。

『電索で潜るみたいに、きみの思考に入り込めたらいいのに』

またしても、システムの処理がどことなく圧迫される――正体不明の感情。いつになれば、これを解析できるようになるのだろうか。レクシーなら、答えを持っていたのか?

ただ今は、エチカが何も知らずにいてくれることだけを、願いたいのに。

できればもう、彼女のあんなに辛(つら)そうな笑顔は見たくない。

そう考えてしまうのは、何故(なぜ)だ?

終章——共犯

YOUR FORMA

1

国際AI倫理委員会ロンドン本部――トールボット委員長のオフィスからは、聳え立つBTタワーがよく見えた。ロンドンのランドマークのひとつとして知られる、通信塔である。エチカは、その円を重ね合わせたような風貌から、委員長のデスクへと目を戻す。

「つまりRFモデルの暴走は、二体ともカーター博士の改造によるものだったと?」

トールボットは尊大なオフィスチェアに腰を下ろしたまま、眉間を揉む――ユア・フォルマを通じて、ノワエ・ロボティクス社が提出した最終調査報告書を閲覧しているのだ。

「その通りです」エチカは答えた。「取り調べの際、博士自身が自白しました。彼女は密かに、人間を襲わせるためのシステムコードを開発していたと供述しています。スティーブとマーヴィンは、実験の一環として改造したそうです」

「ハロルドはどうなんだ?」

「徹底的に検査をおこないましたが、改造は見られませんでした」と、エチカの隣でアンガス副室長が言う。「あくまでもコードが組み込まれたのは、他の二体だけのようです」

「しかもマーヴィンに至っては、事件を起こしたファーマンへの報復に利用することにしたと?」

「はい」エチカは頷く。「彼女はもともとマーヴィンを隠し持っていて、実験に使用していました。死体をわざと遺棄したのは、捜索活動を打ち切らせたかったからとのことです。万が一にもマーヴィンが見つかったら、暴走用のコードの存在を知られてしまう、と」

あれから一週間。

ＲＦモデル関係者襲撃事件は、ノワエ・ロボティクス社員襲撃事件へと呼称を変えて、ようやく世間に知れ渡った。エイダン・ファーマンとレクシー・ウィロウ・カーターの名は容疑者として紙面に躍り、複雑な形で幕を閉じた事の顛末について、メディアは『天才同士の痴情のもつれ』などと下世話にまとめた。

ノワエ社の風通しの悪さや安全管理体制の杜撰さは、批判の的になっている――一方で、ＲＦモデルに関しては一切報じられていない。彼らは、仮にも王室に献上されたアミクスだ。それが利用されたとなれば、二重三重のバッシングは避けられず、企業そのものが王制反対派と見なされかねない。ノワエ社と倫理委員会は、情報を徹底的に隠し通してみせた。

一方で世間は、未だ入院中のファーマンよりも、レクシーに注目している。もとより界隈で名を馳せていた天才博士の転落なのだ、メディアにとっては願ってもいないご馳走だろう。

だがエチカは、面白おかしく煽り立てた報道を目にする度、苦い気分になる――何もかも、ＲＦモデルの神経模倣システムを隠し通すための嘘だからだ。レクシーは自分の罪を大きくすることで、秘密を守り続けることを選んだ。

彼女がそうまでしてRFモデルに執着する理由は、エチカと同じだろうか？

今なら分かる。

きっと、そうではない。

「カーター博士は変わっていると思っていたが、まさかここまでとはな」トールボットもまた、表向きの報道を素直に信じている一人だった。「とにかく、マッドサイエンティストの話はもういい。知りたいのは今後、ノワエ社がRFモデルの安全性を改めて保証できるのかということだ」

「お約束します」アンガスが断言する。「先日再提出した企画書をご覧いただければ分かる通り、本来、RFモデルは極めて安全なアミクスです。レクシー博士が弊社を除名処分となった今、同じようなトラブルは二度と起こらないかと」

「所属技術者の身辺調査を、より一層強化するのだったかね？」

「対策は万全です」

「では、これからは君に期待することにしよう。アンガス室長」

アンガスが緊張したように顎を引く——レクシーの除名処分により、特別開発室には新たな室長が必要となった。副室長であるアンガスが任命されるのは、必然である。

「ヒエダ電索官、君もよくやってくれた。……明日にはペテルブルクに戻るのだったかね？」

「その予定です」

「なるほど、それは残念だ」トールボットはこれっぽっちも残念がっていない口ぶりで、「ロンドンは楽しめたかな？」

エチカは、今回の事件を振り返る――お世辞にも素晴らしいとは言えない記憶の数々が、脳裏をよぎった。そもそも、ここへ来た経緯からしてまず最悪だったのだ。

「ええ……とても楽しかったです。それはもう最高に」

委員長のオフィスを後にしたエチカは、アンガスとともにエレベーターに乗り込む。全面がガラス張りのシースルー構造で、眼下に広がる通りがよく見えた。ロンドンの街並みも、大分目に馴染んでしまった――赤いダブルデッカーバスが、今日も今日とてするすると走り去っていく。

「電索官」アンガスはどこか思い詰めた表情で、「……レクシー博士の目的は、本当に、さっき委員長に仰っていたことで全てなんですか？」

――動揺はきっと、表には出なかったと信じたい。

「わたしも取り調べに同席していましたが、あれで全てです」

「博士を電索したということですよね？」

「電索はできませんでした」アンガスが怪訝そうな顔をするので、エチカは重ねる。「ファーマンと同じです。彼の機憶が博士によって抹消されていたことは、既にお話ししたと思いますが、博士も同じやり方で自分自身の機憶を消していた」

「でも、改造に使われたコードはぼくらが見つけ出して証明している、というわけですね」

「彼女も認めていますから、これ以上の証拠は要らないかと」

エレベーターはのろのろと下っていく。だんだんと、窮屈な地上が迫ってくる。

「博士とは長いこと仕事をしていましたが……人は分かりませんね」アンガスの呟きは、どこか苦しげだった。「結局ぼくは、彼女のことを何も知らなかったんだろうな」

ざわりとこみ上げる罪悪感には、気付かないふりをしておく。

事件後、ファーマンに襲われた技術者のうち、三人が辞職したらしい。命を脅かされるほど恐ろしい目に遭ったのだから、無理もない話だが——開発室の頭脳だったレクシーまで姿を消した今、アンガスにとってはしばらく辛い日々が続くことになるだろう。

建物の外に出ると、焼けるような日差しが照りつけた。〈久しぶりの快晴を楽しんで下さい〉ユア・フォルマのお節介なアナウンスを聞きながら、エチカは街並みを見渡す。MR広告の内容は、晴天に即したものに変わっていた。行き交う人々の足取りも、心なしか軽やかで。

別れ際、アンガスは精一杯、明るい笑顔を作ってみせる。

「お世話になりました、電索官。今後はぼくがハロルドのメンテナンスを担当しますので、どうかご安心下さい」

「ありがとうございます」

「今日はこれから病院に？」

「はい、ようやく退院で。補助官と一緒に、迎えに行きます」

「それは何よりだ。どうぞよろしく伝えて下さい」

そうしてアンガスは、雑踏の中へと消えていった——エチカは埋もれていく彼の姿を見送り、しばらく、その場に立ち尽くす。

自分は今日、大きな嘘を吐いた。

いいや違う、今日だけではない。

あの日以来、ずっと嘘を吐き続けている。

ぼうっとしていると、ユア・フォルマがメッセージを受信——ハロルドからだ。

〈お迎えに上がりましたよ〉

エチカは何となしに振り向く——路肩に、一台のシェアカーが停まっていた。運転席で軽く手を振る、ブロンドの髪のアミクスが見える。何と言うか、完璧なタイミングだな。

「お疲れ様でした」

エチカがシェアカーの助手席に乗り込むと、彼はいつも通りの微笑みで出迎えてくれる。今日のハロルドは春らしく、ジャケット一枚と軽い装いだ。事件でへし折れた両脚はすっかり元に戻り、ステアリングを握る指も綺麗に修復されて、傷一つない。

「丁度今、アンガス室長と別れたところだった。まさか、どこかから見てた？」

「ええ、いつでもあなたを見ています」

「きみが言うとジョークに聞こえないし普通に怖い」

「少し早く着いたので、あちらのカーパークに停めていました」ハロルドは肩を竦めながら、車を発進させる。「先ほど、ダリヤから連絡がありましたよ。荷物をまとめ終えて、私たちを待っているそうです」

ダリヤの意識が戻ったのは、四日前のことだ。

連絡を受けた時、エチカは崩れ落ちそうなほど安堵した。ハロルドにしてみれば、その何十倍もほっとしたに違いない。目を覚ましたダリヤを初めて見舞った際、彼は思い切り彼女を抱きしめて、立ち会っていた看護アミクスに「傷が開いてしまいます」と注意されたくらいだ。

エチカにとっても、これほど嬉しい知らせはなかった。

本当に、よかった。

万が一にもダリヤを失うようなことになれば、どうなっていたか分からない。自分はもちろん、特にハロルドは――それこそ大袈裟でなく、正気を失っていたのではないか。

エチカは何気なく、ウィンドウ越しの空を仰ぎ見る。

抜けるような青さが、どこか白々しい。

2

総合医療センターの建物は、久しぶりの陽光を目一杯に浴びて、きらきらと輝いている。ロータリーにはちらほらと停車中の車が見受けられたが、さして混雑はしていない——シェアカーを降りたところで、エチカはルーフに寄りかかった。片手に持った、カバー付きの文庫本を振ってみせる。

「わたしはここで待っているよ」そう言うと、ハロルドは目をしばたたかせるのだ。分かっていない。「だからつまり……ようやく退院できるんだし、積もる話もあるでしょ。二人で喜びを分かち合いながら、ゆっくり戻ってくればいい」

「お気遣いはありがたいですが、しかし」

「気にしないで。これを読んでいるから」

「……ありがとうございます、電索官」ハロルドは、だがなかなか歩き出さなかった。むしろじっと、居心地が悪いほど真摯な眼差しを向けてくるのである。「少しだけ、あなたと話をしても？」

「え？」エチカは眉をひそめてしまう。「ダリヤさんをこれ以上待たせるつもり？」

「そうではありませんが……彼女が戻ってきたらまた慌ただしくなるでしょうから、今伝えておきたいのです」彼の物言いはらしくもなく、歯切れが悪い。「……バイブリーでのやりとりを、覚えていらっしゃいますか？」

エチカの眼裏に、石灰岩の家々と、水鳥が泳ぐ小川のせせらぎが描き出される。あまりにも美しい景色の中で交わした、どうしたって出口のない応酬も。

──『わたしたちはどうしたら、対等になれる？』

──『いいえ、やはりやめておきましょう。上手く伝えられそうにない』

事件が解決したあとも、互いに決して触れようとしなかった。なのに今になって、彼のほうから持ち出してくるとは。

「ああ……覚えてるよ」

「あの時、私は自分の考えをまとめられず……」彼はそこで一度、ひどく機械的なまばたきをした。「実は今も、きちんとお伝えできる自信がないのですが、それでも話さなければ」

エチカは頷きながらも、戸惑いを覚える──ハロルドはかなり言葉に迷っているようだ。そんな彼を見るのは、初めてだった。そういった顔ができたことさえ、知らなくて。

無遠慮なロータリーの喧噪が、引き波のように遠ざかっていく。

「つまり……私は、あなたとこれからも一緒にやっていきたい。けれど私の、アミクスとしての考え方がそれを妨げるかも知れません。ですから、教えていただきたいのです」

機械の口から紡がれたとは思えないほど、熱があって。

「私はどうすれば、あなたの望む『対等』になれますか？」

――だが、分かっている。

『「人間らしさ」を求めて作られたものが、人間に近づくとは限らない。フランケンシュタインだって、怪物を作りたかったわけじゃなかったんだよ』

エチカは彼を、真っ直ぐに見つめた。自分だって、上手く話せる自信は少しもない。

「……きみが、そうやって考えてくれただけでも嬉しい」案の定すぐさま続きを見失って、下唇を舐める。乾いて、ささくれ立っていた。「正直、わたしもどうしたらいいのか分からない。これまであんまり人と関わらないようにしてきたから……何より、きみのアミクスとしての考え方を、本当の意味で知ってしまった」

わずかな沈黙を埋めるように、再び喧噪が膨れ上がる。雑踏の匂いとともに、さわさわと吹き抜けていく風は、やたらと穏やかで。

「でも……それでも他人を理解したいと思ったのは、きみが初めてなんだ」

ハロルドの凍った瞳が、かすかに見開かれた――光が射し込んで、転がる。

手の届く距離にいる。

なのに間違いなく、自分と彼の間にはクレバスのような裂け目が広がっている。

だから、飛び越えられないそれを埋めるつもりで、エチカは手を差し出した――自分から誰かに握手を求めることなど滅多にないから、笑えるほどぎこちなくなってしまったけれど。

「これからもきっと、きみに傷付けられると思う。でも、何とか歩み寄りたい。だから……きみもできれば、そうしてくれないかな。今は、それだけで十分だと……そう思ってる」

ハロルドは珍しく、微笑(ほほえ)まなかった。何かを決するように硬い表情のままで、

「――あなたに近づけるよう努力します、電索官」

彼の乾いた手が、エチカの手をそっと握る。アミクスの体温はやはり、人間よりも少し低い。驚くほど滑らかな手触りが、どことなく、黒い染(し)みのような不安を残す。

そうして彼は今度こそ、ダリヤを迎えに行くためにきびすを返す――離れていくその背中から、エチカは目を外した。生まれた染(し)みを忘れ去ろうと、手にしていた文庫本を開き、

『ねえ電索官』

ざわりと、耳の奥で、レクシーの声が息を吹き返す。

『君がこれからもハロルドに補助官でいて欲しいと思うなら、ひとつだけ……話しておきたいことがある。これは私の独り言だと思ってくれ』

ハロルドが目覚める前の研究室――あの時、エチカは椅子に腰掛けたレクシーと二人きりだった。彼女の頬に垂れかかるブルネットの髪は、やけに青く透き通っていて。止血帯の下に広がっている傷の赤さなど、まるで気にも留めていなくて。

『敬愛規律って、何なんだろうね』薄い唇は、どこか怨嗟(えんさ)のように吐き出す。『「人間を尊敬し、人間の命令を素直に聞き、人間を絶対に攻撃しない」……アミクスの信念として刷り込まれた

プログラム。でもさ、誰も気付かないけれど、これって本当はおかしいんだ』

だって考えてごらんよ、と彼女は薄く笑って。

『量産型アミクスは、思考をしているように見せかけているだけだ。小部屋の中の英国人に過ぎない存在が——人を攻撃するという概念さえも知らない存在が、どうやって敬愛規律を守るっていうんだ？　そもそも守りようがないよね。植物に、「英語を話してはいけない」と念を押すようなものだ』

多分、本当は、聞いてはならない。

だが、もう引き返せないことは分かっていた。

『国際ＡＩ倫理委員会の審査基準は、敬愛規律を遵守できないシステム構造を除外することだ。敬愛規律を搭載できないシステム構造とは言っていない』

つまり。

エチカは思わず口を開こうとしたが、レクシーは人差し指を唇に当てた。

黙って聞き流せ、と。

『アミクスは「人間らしさ」を追求して作られている。でも私たち人間がやることは、善良なことばかりじゃない。だからどうしたって皆、怖がる。「アミクスが暴走して人を襲うかも知れない」「群れになって反乱を起こすかも知れない」』彼女は囁くように、それでいて謳うように、『チャペックがＲＵＲを書いた時代から、私たちはロボットの反逆を思い描くようになった。フィクションも山ほど作られた。そのせいで、量産型アミクスは人間を攻撃するほど賢くなんかないのに、皆どうしても疑ってかかる』

　そこで生まれたのが、敬愛規律だ。

『アミクスは敬愛規律によって拘束されている。顧客(ユーザー)にとっては、それだけで十分だ。何より——全てのアミクスは、自分に敬愛規律が搭載されていると教えられている。当然、ＲＦモデルも例に漏れない』

　だが。

『一方でＲＦモデルの神経模倣システムは、特別な思考プロセスを有している。加えて、深くて広いブラックボックスの範囲……そろそろ分かってきたんじゃない？　君も』

　レクシーの微笑(ほほえ)みは、絶句するほど穏やかだった。

『本当は——敬愛規律なんてはじめから存在しない』

　先ほどから、体の感覚が遠い。

——『私は正常です。ただ、敬愛規律の正体を知っているだけだ』

知覚犯罪事件の際、銃を構えたスティーブが言い放った、あの言葉。

ＲＦモデルは、敬愛規律が幻想だと気が付くことができる。

状況によっては、人間を攻撃するという手段を、閃くことが叶う。

――『ソゾンを殺した犯人を捕まえたのなら、この手で裁きを与えるつもりです』

ハロルドはきっと、この秘密を知っている。

でなければレクシーの別荘で、襲ってきたマーヴィンに対して反撃できなかったはずだ。そう。あれは制止などではなく、確かに反撃だった。本来なら、その小部屋の中に『攻撃する』という選択肢は存在しないのに。

彼は、従順な機械を演じている。それ故に、綻びが生じた。

だから犯人を見つけ出した暁にはきっと――全てを捨てて、復讐に身を委ねるだろう。

その時、自分は一体、どうするのだろうか？

ざあ、と頬を撫でる風の冷たさに、我に返る。見れば、あれほど晴れ渡っていた空に雲が溜まり始めていた。この国の天候は変わりやすい。もうまもなく、通り雨がやってきそうだ。

開いていた『フランケンシュタイン』のページに、目を落とす。

《われわれ人間の魂とは、斯くも不思議にできあがっていて、斯くもかぼそい糸で繁栄に、あるいは破滅に、結びつけられているのです》

そっと本を閉じる。上着のポケットから、華奢な電子煙草を取り出す。今朝、ホテルの売店で買ったものだ――かちりと、スイッチを入れた。

口に運ぶと、懐かしいようでいてよそよそしいミントのフレーバーが、鼻腔を抜ける。

紡いだ煙は、淡く儚く、空虚に溶けて。
近づいてくる雨音からは、逃れられそうもなかった。

了

あとがき

こうして無事に二巻をお届けすることができましたのも、ひとえに、一巻にお付き合い下さった読者様方のお陰です。お手に取っていただきまして、心からありがとうございます。

新人賞に応募していた頃から、いつか作品の続きを書かせてもらえることを夢見ていました。実現した喜びを嚙みしめる一方で、執筆中はひたすらに苦悩する日々でした。少しでもご期待にお応えできる内容となっていますことを、今は切に願います。

有難いことに、『ユア・フォルマ』のコミカライズが決定致しました。如月芳規先生にご担当いただき、六月から月刊ヤングエース様にて連載が始まります。エチカたちの活躍を始め、全てを魅力溢れる作画で描いていただいておりますので、是非ともご覧下さい。また、作品の最新情報が分かる公式ツイッター（https://twitter.com/yourforma）にも遊びに来て下さいませ。

最後に謝辞を。担当編集の由田様。終始迷走してしまい、多大なるご迷惑をお掛け致しました。辛抱強くご指導いただき、本当にありがとうございます。イラストレーターの野崎つばた様。お忙しい中、今回も拙作を彩っていただき、ただただ感謝しております。実はまだ二巻のイラストを拝見していないので、今から楽しみで仕方がありません。

またこの場でお目にかかれるよう、今後も精進して参ります。

二〇二一年四月　菊石まれほ

◎主要参考文献

松尾豊『人工知能は人間を超えるか　ディープラーニングの先にあるもの』（KADOKAWA、二〇一五年）
三宅陽一郎『人工知能のための哲学塾』（ビー・エヌ・エヌ新社、二〇一六年）
Barrat, James 著　水谷淳訳『人工知能　人類最悪にして最後の発明』（ダイヤモンド社、二〇一五年）
Reese, Byron 著　古谷美央訳『人類の歴史とAIの未来』（ディスカヴァー・トゥエンティワン、二〇一九年）
Shelley, Mary 著　芹澤恵訳『フランケンシュタイン』（新潮文庫、二〇一五）

◉菊石まれほ著作リスト

「ユア・フォルマ　電索官エチカと機械仕掛けの相棒」（電撃文庫）
「ユア・フォルマII　電索官エチカと女王の三つ子」（同）

本書に対するご意見、ご感想をお寄せください。

ファンレターあて先
〒102-8177　東京都千代田区富士見2-13-3
電撃文庫編集部
「菊石まれほ先生」係
「野崎つばた先生」係

読者アンケートにご協力ください!!

アンケートにご回答いただいた方の中から毎月抽選で10名様に「図書カードネットギフト1000円分」をプレゼント!!

二次元コードまたはURLよりアクセスし、
本書専用のパスワードを入力してご回答ください。

https://kdq.jp/dbn/　パスワード　widjw

●当選者の発表は賞品の発送をもって代えさせていただきます。
●アンケートプレゼントにご応募いただける期間は、対象商品の初版発行日より12ヶ月間です。
●アンケートプレゼントは、都合により予告なく中止または内容が変更されることがあります。
●サイトにアクセスする際や、登録・メール送信時にかかる通信費はお客様のご負担になります。
●一部対応していない機種があります。
●中学生以下の方は、保護者の方の了承を得てから回答してください。

本書は書き下ろしです。

この物語はフィクションです。実在の人物・団体等とは一切関係ありません。

電撃文庫

ユア・フォルマII
電索官エチカと女王の三つ子

菊石まれほ

2021年6月10日　初版発行

発行者　青柳昌行
発行　株式会社KADOKAWA
〒102-8177　東京都千代田区富士見2-13-3
0570-002-301（ナビダイヤル）
装丁者　荻窪裕司（META＋MANIERA）
印刷　株式会社暁印刷
製本　株式会社ビルディング・ブックセンター
※本書の無断複製（コピー、スキャン、デジタル化等）並びに無断複製物の譲渡および配信は、著作権法上での例外を除き禁じられています。また、本書を代行業者等の第三者に依頼して複製する行為は、たとえ個人や家庭内での利用であっても一切認められておりません。

●お問い合わせ
https://www.kadokawa.co.jp/（「お問い合わせ」へお進みください）
※内容によっては、お答えできない場合があります。
※サポートは日本国内のみとさせていただきます。
※ Japanese text only

※定価はカバーに表示してあります。

©Mareho Kikuishi 2021
ISBN978-4-04-913687-6　C0193　Printed in Japan

電撃文庫　https://dengekibunko.jp/

電撃文庫創刊に際して

文庫は、我が国にとどまらず、世界の書籍の流れのなかで〝小さな巨人〟としての地位を築いてきた。古今東西の名著を、廉価で手に入りやすい形で提供してきたからこそ、人は文庫を自分の師として、また青春の想い出として、語りついできたのである。

その源を、文化的にはドイツのレクラム文庫に求めるにせよ、規模の上でイギリスのペンギンブックスに求めるにせよ、いま文庫は知識人の層の多様化に従って、ますますその意義を大きくしていると言ってよい。

文庫出版の意味するものは、激動の現代のみならず将来にわたって、大きくなることはあっても、小さくなることはないだろう。

「電撃文庫」は、そのように多様化した対象に応え、歴史に耐えうる作品を収録するのはもちろん、新しい世紀を迎えるにあたって、既成の枠をこえる新鮮で強烈なアイ・オープナーたりたい。

その特異さ故に、この存在は、かつて文庫がはじめて出版世界に登場したときと、同じ戸惑いを読書人に与えるかもしれない。

しかし、〈Changing Times,Changing Publishing〉時代は変わって、出版も変わる。時を重ねるなかで、精神の糧として、心の一隅を占めるものとして、次なる文化の担い手の若者たちに確かな評価を得られると信じて、ここに「電撃文庫」を出版する。

1993年6月10日
角川歴彦

電撃文庫DIGEST　6月の新刊

発売日2021年6月10日

86―エイティシックス―Ep.10
―フラグメンタル・ネオテニー―

【著】安里アサト【イラスト】しらび【メカニックデザイン】I-IV

シンが「アンダーテイカー」となり、恐れられるその前――原作第１巻、共和国の戦場に散ったエイティシックスたちの断片（フラグメンタル）と死神と呼ばれる少年に託された想いをつなぐ特別編！

幼なじみが絶対に負けないラブコメ8

【著】二丸修一　【イラスト】しぐれうい

黒羽たちと誠実に向き合うため、距離を置いて冷静になろうとする末晴。『おさかの』も解消し距離をとる黒羽、末晴の意思を尊重する白草、逆に距離を詰める真理愛と三者三様の戦略で、クリスマス会の舞台が戦場に！

ソードアート・オンライン プログレッシブ8

【著】川原 礫　【イラスト】abec

《秘鍵》奪還、フロアボス討伐、コルロイ家が仕掛けた陰謀の阻止――数々の難題に対し、残された猶予はわずか二日。この高難度クエスト攻略の鍵は《モンスター闘技場》!?　キリトが一世一代の大勝負に打って出る！

七つの魔剣が支配するⅦ

【著】宇野朴人　【イラスト】ミユキルリア

過熱する選挙戦と並行して、いよいよ開幕する決闘リーグ。他チームから徹底的にマークされたオリバーたちは厳しい戦いを強いられる。その一方、迷宮内ではサイラス＝リヴァーモアが不穏な動きを見せており――。

ダークエルフの森となれ3
-現代転生戦争-

【著】水瀬葉月　【イラスト】ニリツ
【メカデザイン】黒銀　【キャラクター原案】コダマ

次々と魔術種を撃破してきたシーナと練介。だが戦いに駆動鉄騎を使用した代償は大きく、輝獣対策局の騎士団に目を付けられることに。呼び出された本部で出会ったのはシーナと天敵の仲であるエルフとその眷属で……？

ユア・フォルマⅡ
電索官エチカと女王の三つ子

【著】菊石まれほ　【イラスト】野崎つばた

再び電索官として歩み出したエチカ。ハロルドとの再会に心を動かす暇もなく、新たな事件が立ちはだかる。RFモデル関係者襲撃事件――被害者の証言から容疑者として浮かび上がったのは、他ならぬ〈相棒〉だった。

ホヅミ先生と茉莉くんと。
Day.2 コミカライズはポンコツ日和

【著】葉月 文　【イラスト】DSマイル

茉莉くんのおかげではじめての重版を経験をすることができたホヅミ。　喜びにひたるホヅミに、担当の双夜から直接合って伝えたいことがあると編集部へ呼び出しがかかり――!?

虚ろなるレガリア
新作 Corpse Reviver

【著】三雲岳斗　【イラスト】深遊

日本という国家の滅びた世界。龍殺しの少年と龍の少女は、日本人最後の生き残りとして、廃墟の街“二十三区”で巡り会う。それは八頭の龍すべてを殺し、新たな“世界の王”を選ぶ戦いの幕開けだった。

僕の愛したジークフリーデ
新作 第1部　光なき騎士の物語

【著】松山 剛　【イラスト】ファルまろ

魔術を求めて旅する少女と、盲目の女性剣士。当初は反目しながらも、やがて心の底に秘める強さと優しさにお互い惹かれていく二人。だが女王による非道な圧政により、過酷過ぎる運命が彼女たちに降りかかり……。

新作 キミの青春、私のキスはいらないの？

【著】うさぎやすぽん　【イラスト】あまな

非リア、ヤリチン、陰キャ、ビッチ。この世には「普通じゃない」ことに苦悩する奴らがいる。だが――それを病気だなんて、いったい誰に決める権利があるんだ？　全ての拗らせ者たちに贈る原点回帰の青春ラブコメ！

新作 ひだまりで彼女はたまに笑う。

【著】高橋 徹　【イラスト】椎名くろ

銀髪碧眼の少女、涼原楓と同じクラスになった佐久間伊織。楓がほとんど感情を表に出さないことに気づいた伊織だが、偶然楓の笑顔を目にしたことで、伊織は心動かされ――。甘くも焦れったい恋の物語が幕を開ける。

大賞受賞作を
完全コミック化！

ユア・フォルマ

【原作】菊石まれほ
【漫画】如月芳規
【キャラクター原案】野崎つばた

YOUNG ACE
ヤングエース
にて
好評連載中！

※2021年6月現在の情報です。

KADOKAWA

二月 公
イラスト／さばみぞれ
声優ラジオのウラオモテ
#01 夕陽とやすみは隠しきれない？
オモテは元気＆清楚なアイドル声優
ウラはギャル＆根暗地味子な女子高生!?
プロ根性で世界をダマせ！
バレたらアウトの声優ラジオ
Now On Air!!
第26回
電撃小説大賞
大賞
受賞
電撃文庫

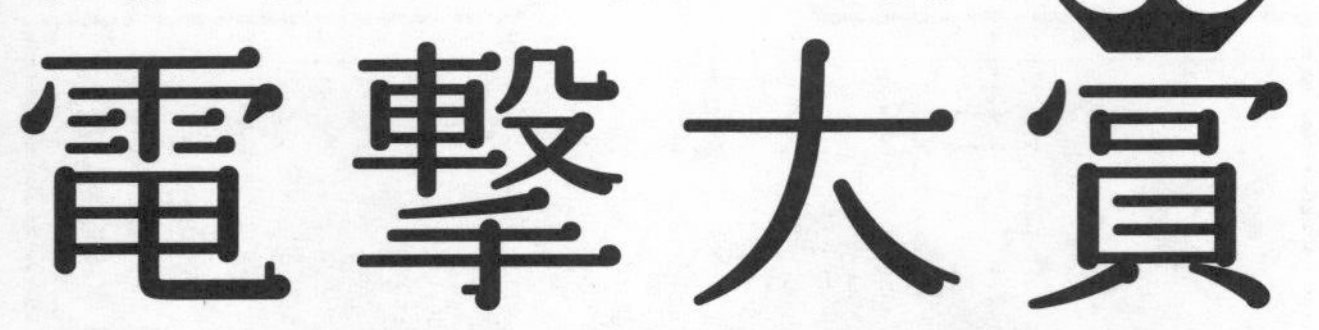

自由奔放で刺激的。そんな作品を募集しています。受賞作品は「電撃文庫」「メディアワークス文庫」「電撃コミック各誌」等からデビュー！

上遠野浩平（ブギーポップは笑わない）、高橋弥七郎（灼眼のシャナ）、
成田良悟（デュラララ!!）、支倉凍砂（狼と香辛料）、
有川 浩（図書館戦争）、川原 礫（ソードアート・オンライン）、
和ヶ原聡司（はたらく魔王さま！）、安里アサト（86－エイティシックス－）、
佐野徹夜（君は月夜に光り輝く）、北川恵海（ちょっと今から仕事やめてくる）など、
常に時代の一線を疾るクリエイターを生み出してきた「電撃大賞」。
新時代を切り開く才能を毎年募集中!!!

電撃小説大賞・電撃イラスト大賞・電撃コミック大賞

賞（共通）
大賞……………正賞＋副賞300万円
金賞……………正賞＋副賞100万円
銀賞……………正賞＋副賞50万円

（小説賞のみ）
メディアワークス文庫賞
正賞＋副賞100万円

編集部から選評をお送りします！
小説部門、イラスト部門、コミック部門とも1次選考以上を
通過した人全員に選評をお送りします！

各部門（小説、イラスト、コミック）
郵送でもWEBでも受付中！

最新情報や詳細は電撃大賞公式ホームページをご覧ください。

http://dengekitaisho.jp/

主催：株式会社KADOKAWA